La victoire de l'amour

Barbara Cartland est une romancière anglaise dont la réputation n'est plus à faire.

Plus de trois cents romans variés et passionnants mêlent aventures et amour.

Les Éditions J'ai lu *en ont déjà publié plus d'une centaine que vous retrouverez dans le catalogue gratuit disponible chez tous les libraires.*

Barbara Cartland

La victoire de l'amour

traduit de l'anglais par Hervé MALRIEU

Éditions J'ai lu

Ce roman a paru sous le titre original :

THE TREASURE IS LOVE

© Barbara Cartland, 1979

Pour la traduction française :
© Éditions de Fanval, 1986

NOTE DE L'AUTEUR

Le 11 août 1815, deux mois seulement après l'éclatante victoire de Waterloo, le Premier ministre anglais révéla à son peuple que le pays était au bord de la faillite, et que malheureusement de lourds sacrifices s'imposaient...

Les premières victimes furent l'armée et la marine : en moins de dix-huit mois, trois cent mille marins et soldats furent remerciés...

Même ceux qui, partis de Torres Vedras, avaient gagné Toulouse au prix de tant d'héroïques batailles, se retrouvaient du jour au lendemain sans travail, sans pension ni médaille !...

La plus belle armée de l'histoire de l'Angleterre se trouvait ainsi démantelée, sans même un mot de regret ou de reconnaissance...

1

Sur son magnifique étalon noir, l'homme parcourut l'allée envahie par les ronces et jonchée de branches tombées des hauts chênes qui la bordaient.

Puis il franchit le vieux pont de pierre et, de l'autre côté de l'étang, déboucha sur une vaste cour recouverte d'un épais tapis de mousse et d'herbes folles.

Arrivé à la maison, il tomba en arrêt devant les armoiries monumentales surmontant l'imposante porte d'entrée en bois massif. Il se croyait soudain transporté une vingtaine d'années en arrière, à l'époque où les propriétaires vivaient encore.

Hélas! beaucoup de fenêtres étaient dépourvues de leurs carreaux en losange, les jointoiements étaient usés et les pierres taillées, ébréchées ou même brisées.

Quant à la corniche du toit, elle faisait purement et simplement défaut en de nombreux endroits!

Il soupira profondément, puis mit pied à terre.

— Tu peux aller brouter, Salamanque, mais ne t'éloigne pas trop! dit-il en flattant l'encolure de son cheval.

Salamanque fit un mouvement de tête comme pour acquiescer et se dirigea vers un champ d'herbes folles — jadis une pelouse impeccable.

Pensif, le cavalier regarda s'éloigner sa monture.

Persuadé que la porte d'entrée était condamnée, il se dirigea ensuite vers les étables et l'entrée des fournisseurs, se frayant difficilement un passage entre les lauriers et toutes sortes d'arbustes laissés à l'abandon.

A sa grande surprise, l'entrée des fournisseurs était entrouverte : se pouvait-il que quelqu'un vécût encore dans ces lieux inhospitaliers ?

Une ancienne laiterie donnait sur le long corridor délabré qui prolongeait le hall d'entrée, mais ses grands étals de marbre n'étaient plus comme jadis recouverts d'énormes jattes de crème.

Alors, il traversa l'arrière-cuisine, très lentement, craignant que l'immense cuisine elle-même ne rappelât que de très loin celle qu'il avait connue autrefois... De toute façon, il n'y aurait plus les innombrables jambons suspendus au plafond, ni toutes les marmites et casseroles en cuivre sur le fourneau !

Il lui semblait revoir Mme Briggs, la cuisinière de son père, réputée pour l'excellence de ses rôtis, s'activant autour de la table méticuleusement propre, toujours secondée d'au moins trois filles de cuisine et de plusieurs marmitons.

Sans doute la grande cuisine était-elle laissée à l'abandon à présent, tout comme la laiterie.

Or il n'en était rien ! Dans un coin, une petite femme aux cheveux blancs écossait des pois dans un bol qu'elle serrait entre ses genoux.

— Madame Briggs ! Vous êtes bien madame Briggs ?

Dans sa difficulté à accommoder, la vieille femme le considéra longuement.

— Monsieur Tyson ! s'écria-t-elle enfin. Je reconnaîtrais votre voix entre mille !

La brave dame voulut se lever, mais le jeune homme posa la main sur son épaule.

— Mais non, ne bougez pas ! Je suis tellement heureux de vous revoir ! J'avoue que j'avais bien peur de ne pas vous trouver ici...

— Oh ! Je me plais bien ici ! Et cela me réjouit le cœur de vous revoir après tant d'années !

— Treize, exactement ! précisa-t-il en s'asseyant près d'elle.

Elle devait dépasser largement les quatre-vingts ans, car c'était déjà une vieille femme lorsqu'il était parti pour les Indes, treize ans plus tôt, en 1803.

— Vous allez bien, monsieur Tyson ? demanda-t-elle sur le ton de la conversation.

— Assez bien, répliqua-t-il. Mais maintenant que la guerre est finie, l'armée n'a plus besoin de soldats ! Il ne me restait donc plus qu'à rentrer à la maison...

— Vous ne voulez tout de même pas vous installer ici, monsieur Tyson ? demanda Mme Briggs, éberluée.

— Je ne vois vraiment pas ce que je pourrais faire d'autre !

— Mais la maison n'est pas du tout assez confortable ! Briggs et moi, on a fait ce qu'on a pu, mais elle est vraiment trop grande pour deux vieillards...

— Il n'y a donc personne pour vous aider ?

— Depuis la mort de votre père, on n'a plus de quoi payer quelqu'un ! Briggs et moi, on est restés parce qu'on ne savait pas où aller.

Le regard du visiteur se durcit.

— Qu'est devenu l'argent de mon père ? Il n'a tout de même pas tout dépensé !

— Comment pourrions-nous le savoir, monsieur Tyson ? Tout c' qu'on nous a dit, c'est qu' la maison vous rev'nait si jamais vous sortiez vivant de cette horrible guerre, et depuis personne n'est venu nous rendre visite.

— Alors, comment avez-vous fait pour vivre ? s'inquiéta Tyson.

— Briggs et moi, on avait mis un peu d' côté, pas grand-chose... Cette année on a eu bien du mal à joindre les deux bouts !

— Je vais faire tout ce que je peux pour vous ! affirma Tyson en fouillant dans sa poche. A vrai dire cela ne sera pas facile ! Mais voici toujours quelques souverains : vous pouvez vous occuper de mon dîner avec ça ?

Stupéfaite, Mme Briggs considéra les souverains en or comme s'ils étaient faux.

— J' vais préparer la chambre d' vot' père, dit-elle en les prenant enfin. Elle vous revient maintenant qu' vous êtes le maître. Heureusement que l' plafond est en bon état !

Bien sûr, à l'abandon depuis si longtemps, les plafonds n'avaient pas résisté à l'humidité, et sans doute le dernier étage était-il déjà inhabitable.

Poussière et toiles d'araignée avaient envahi la maison, et ce n'était la faute de personne.

A son retour des Indes, Tyson avait combattu au Portugal sous les ordres de Wellington, et ce n'est que tardivement qu'il avait appris la mort de son père, survenue depuis longtemps.

Un an plus tard, une autre lettre l'informait que les notaires n'avaient trouvé aucune confirmation du mariage de son père, et qu'en conséquence l'oncle de Tyson (le frère cadet de son père...) revendiquait le titre d'héritier présomptif de lord Wellingdale.

Lord Wellingdale, le propre grand-père de Tyson !

Et il se passa encore une année entière avant que le hasard ne mît entre les mains de Tyson un vieil exemplaire du *Morning Post* annonçant la mort de son grand-père et l'accession de son oncle au titre de sixième lord Wellingdale.

Sur le moment, Tyson n'avait guère attaché d'importance à cette nouvelle. Comme tous ses camarades, il se préoccupait surtout de combattre Napoléon, et l'Angleterre, avec ses problèmes mondains, lui paraissait si lointaine, si minuscule...

Et il n'avait commencé à s'inquiéter sérieusement de son avenir qu'en foulant à nouveau le sol des glorieuses îles Britanniques, si fières d'avoir triomphé du plus grand tyran que l'Europe eût jamais connu.

Certes, il y avait de quoi ! Qui aurait pu imaginer, vingt ans plus tôt, que cette « nation de commerçants », comme l'appelait avec mépris Napoléon, pourrait un jour venir à bout d'un État guerrier presque trois fois plus grand... Et cela malgré la coalition de la majorité des États d'Europe ?

Et pourtant, à l'issue de vingt-deux années de guerres, et en dépit de tant de sacrifices, la Grande-Bretagne était devenue plus riche que jamais : en développant son commerce maritime et ses conquêtes dans le monde entier, elle s'était créé un empire riche et prospère.

Mais cela n'empêchait pas que beaucoup de

ceux qui avaient œuvré pour la victoire, au nombre desquels se trouvait Tyson Dale, n'avaient plus un sou vaillant!

Comme c'est souvent le cas après une guerre, fût-elle victorieuse, ces mêmes héros qu'on avait acclamés tant qu'ils défendaient leur patrie sur les champs de bataille, étaient ensuite poliment remerciés et rendus à la vie civile, en général sans la moindre pension ni indemnité! La plupart avaient tout perdu : leur travail, leurs économies, sans parler de leurs femme, famille et foyer!

Tyson Dale, au moins, n'avait à s'inquiéter que de lui-même... De fait, depuis son arrivée à Douvres, avec pour tous biens son uniforme et Salamanque, sa monture, il se demandait bien ce qu'il allait devenir.

« Bah! il me reste toujours Revel Royal! » avait-il pensé.

Mais à présent il lui fallait bien se rendre à l'évidence : la maison n'avait plus de « royal » que le nom.

Son père ne l'avait pas héritée des Dale, qui dans ce cas n'auraient pas manqué de la réclamer en même temps que le titre, la fortune et les domaines de son grand-père! Il la tenait de sa grand-mère paternelle, une Osborne, qui voulait absolument affranchir de son père son fils aîné, Hubert, en lui faisant don de cette maison dont elle-même avait hérité.

Le seul ennui, c'est qu'on ne l'avait pas autorisée à lui donner aussi un peu d'argent.

Heureusement, quelque temps plus tôt, Hubert avait reçu de son père une allocation qu'il avait eu l'intelligence de transformer en une petite fortune, ce qui le rendait indépendant de ses parents.

Effectivement, et à leur grande fureur, plutôt que d'épouser la demoiselle qu'ils lui avaient choisie, il s'était enfui avec la jolie fille du pasteur, qui n'avait pas l'âge de se marier sans le consentement de son père.

Et tout ceci était particulièrement malvenu, car, en sa qualité de propriétaire de la paroisse, c'était lord Wellingdale lui-même qui avait nommé le pasteur et le rétribuait!

Hubert Dale et Mary Dawson avaient donc choisi de disparaître purement et simplement jusqu'à ce que Mary eût vingt et un ans révolus, échappant à toutes les minutieuses recherches entreprises par lord Wellingdale, au comble de la colère, et par le Révérend Dawson.

... Et lorsqu'ils réapparurent, ce fut pour annoncer qu'ils étaient mari et femme, et s'installer à Revel Royal avec Tyson, leur fils de dix ans!

Mais rien de tout cela ne parut intéresser lord Wellingdale... C'était un personnage têtu qui ne souffrait pas la moindre contradiction et considérait que ses fils lui devaient obéissance en toutes choses comme des soldats à leur supérieur.

Heureusement pour lui que le second fils, George, était infiniment plus docile! Il trouvait son frère aîné, Hubert, bien stupide de renoncer ainsi au confort du domaine familial et à tous les avantages sociaux que procure une épouse approuvée par le roi, la reine et les courtisans!

Mais, bien sûr, cela ne regardait que lui...

George épousa donc une femme que son père approuvait tout à fait car elle était une héritière titrée de droit.

Jamais lady Edith Dale ne souhaita faire la connaissance d'une fille de pasteur, fût-elle sa belle-sœur; et George, pour sa part, avait toujours éprouvé de la jalousie à l'égard de son frère aîné !... Tyson ne se souvenait donc pas d'avoir jamais vu son oncle à Revel Royal, pas plus que sa tante ou sa grand-mère, d'ailleurs.

Et s'il arrivait à Hubert de parler de ses parents, c'était toujours sur un ton d'amère dérision !

Son épouse, de son côté, était bien aise de ne pas devoir les fréquenter... Son amour pour l'homme avec lequel elle s'était enfuie n'avait jamais faibli, si bien que son fils autant que son époux avaient toujours mené à Revel Royal une vie extrêmement heureuse.

Aussi loin que pouvaient remonter ses souvenirs, Tyson ne s'était jamais senti seul : à aucun moment il n'avait souhaité la compagnie d'autres enfants.

Il y avait toujours quelque chose à faire : monter à cheval, aller à la chasse, pêcher dans le lac, grimper aux arbres, ou partager avec son père, toujours disposé à le faire, les succès et les échecs de la petite exploitation agricole.

Enfant, il s'était si souvent assis sur les genoux de son père pour discuter de ce qu'ils pourraient faire... si toutefois ils en avaient les moyens et si la récolte suivante était bonne !

Tout de même, le monde de son enfance et de son adolescence était devenu assez limité, si bien qu'un beau jour il eut soif d'horizons nouveaux et d'aventures : il s'était donc engagé dans l'armée.

Il savait commander et parlait à ses hommes comme son père à ses employés : sous ses ordres, ils étaient toujours prêts au combat ou, s'il le fallait, à la mort.

En apprenant le décès de son père, puis l'accession de son oncle au titre d'héritier présomptif, il s'imaginait qu'il lui serait très facile, dès son retour, de prouver le mariage de son père et de sa mère, qui faisait de lui l'unique héritier de son grand-père, lord Wellingdale.

D'ailleurs, n'était-ce pas un problème personnel insignifiant comparé à la nécessité de vaincre Napoléon Bonaparte ?

Tyson avait tout de même pris le temps d'écrire à son notaire, qu'il connaissait depuis toujours, pour le prier de demander à sa mère où s'était tenue la cérémonie de mariage et d'en retrouver les papiers officiels.

Plusieurs mois s'étaient encore écoulés, et sa lettre n'était parvenue chez le notaire qu'après le décès de sa mère.

Ce dernier avait aussitôt entrepris de fouiller Revel Royal de fond en comble, sans malheureusement trouver le moindre document pouvant apporter la preuve qu'il n'était pas un enfant naturel.

Quelle situation ridicule ! Tyson Dale ne pouvait se résoudre à la prendre au sérieux... jusqu'au jour où il était tombé sur un article de journal affirmant que son oncle était effectivement devenu le sixième lord Wellingdale.

Par la même occasion son cousin Manfred, qu'il n'avait jamais non plus beaucoup porté dans son cœur, pouvait se parer du titre d'Honorable, tandis que lui, Tyson, n'avait peut-être pas le droit de se faire appeler Dale !

« Bah ! Il sera toujours bien temps de régler cela quand la guerre sera finie ! » pensa-t-il avec optimisme.

Mais maintenant qu'il avait retrouvé Revel Royal dans un tel état de délabrement, il se demandait s'il aurait jamais les moyens de payer un avocat.

La bibliothèque, beaucoup plus petite que dans son souvenir, était encore fort belle... Et pourtant, lorsqu'il tira les rideaux tout déchirés et effilochés, la lumière ne pénétra que parcimonieusement, tant étaient nombreux les carreaux cassés simplement colmatés par des chiffons.

La poussière recouvrait d'une couche épaisse les reliures en cuir des livres, eux-mêmes fort défraîchis, et ternissait le haut plafond peint... Que de dégradations depuis que son père était mort dix ans plus tôt! Sans parler du premier étage, dont l'état de délabrement ne le surprit guère.

Cependant, on s'était bien gardé de déplacer les imposants lits à baldaquin : selon la légende, Charles II avait passé là toute une fin de semaine de luxure, à la suite de quoi il avait baptisé la maison « Revel Royal[1] ».

Quelle dérision de voir une telle pauvreté succéder à tant de grandeur et d'éclat!

Il n'y avait pas de pièce où le plancher disjoint, craquant sous les pas, ne fût jonché de morceaux de plâtre et de lambeaux de tapisserie... Sans parler des corridors et des couloirs, pratiquement obstrués!

En redescendant les escaliers, dont les pilastres étaient à terre, ou même purement et simplement volatilisés, Tyson se demanda une fois de plus ce qu'il allait pouvoir faire de la maison... et de sa propre personne!

Bien entendu, l'armée lui avait appris à être sûr de lui : comment pourrait-on commander sans

---

1. « Divertissement Royal » *(N.d.T.)*

afficher cette grande assurance qui devient très vite une seconde nature ?

Cependant, pour la première fois depuis bien des années, Tyson Dale se sentait inquiet et indécis... et certes il n'aimait guère ce genre de sensation !

Tandis que dans le parc s'allongeaient les ombres, l'ancien maître d'hôtel de son père, le vieux Briggs, entra dans le salon à pas traînants.

Tyson songea que c'était l'endroit le plus vide et le plus décrépit de la maison, sans doute parce que sa mère s'y tenait toujours : en effet il se revoyait, tout jeune garçon, dévalant les escaliers, sa nounou sur les talons, pour y rejoindre sa mère lorsque c'était l'heure d'aller jouer avec elle.

En ce temps-là, les fenêtres du salon ouvraient sur un parterre de roses, qui dessinait un cadran solaire avec cette inscription qu'il avait laborieusement appris à lire quand il était tout petit :

« Cueillez dès aujourd'hui les roses de la vie !... »

Et maintenant il comprenait à quel point c'était vrai. N'aurait-il pas dû en cueillir davantage pendant sa jeunesse ?...

Pourtant, bien des roses peuplaient son souvenir, et rien ne pouvait les lui enlever !

Chaque fois qu'il avait bivouaqué dans les pires intempéries ou logé chez des Portugais sales et bruyants, dans des maisons malodorantes et infestées de mouches, il s'était réfugié en pensée à Revel Royal, dans le monde de son enfance qu'il aimait tant, là où la guerre et toutes ses horreurs ne pouvaient pénétrer...

Dans ces moments-là, comme les souvenirs lui revenaient clairs et précis ! Ainsi, la première perdrix qu'il avait tirée, et qu'il avait si fièrement ramenée dans la cuisine pour la montrer à Mme Briggs :

— Je vais la faire cuire pour votre souper ! lui avait-elle dit.

— Oh ! non ! C'est pour maman ! Mais j'espère bien qu'elle m'en fera goûter un peu !

— C'est l' contraire qui m'étonnerait ! avait répliqué la bonne Mme Briggs. Et elle s'ra rudement fière d' voir qu' vous êtes aussi bon chasseur qu' vot' père !

Tout aussi vivaces étaient les souvenirs de ses jeux champêtres au milieu des meules, et de la luge que le menuisier du domaine lui avait construite... L'hiver, que de fois avait-il dévalé triomphalement les pentes immaculées avant de se retrouver invariablement les quatre fers en l'air !

Il avait tant de beaux souvenirs qu'il s'était toujours imaginé que, après la guerre, il retrouverait Revel Royal exactement comme il l'avait quitté.

« Que vais-je faire et par quoi commencer ? » se demandait-il à présent.

— Votre dîner est servi !

Tyson se retourna : c'était le vieux Briggs, qui ajouta aussitôt sur un ton très différent :

— Ça fait rudement plaisir d' vous r'voir, monsieur Tyson !

Il n'avait plus guère que la peau sur les os et semblait encore plus vieux que son épouse, bien qu'ils eussent exactement le même âge.

Par quel miracle avait-il retrouvé son ancienne livrée ? Elle était devenue trop grande pour lui, mais il avait tenu à la revêtir en l'honneur de son maître.

Tyson se sentit tout réconforté : d'un seul coup

ce geste avait balayé ses pensées moroses et ses inquiétudes.

— Je suis si heureux de vous retrouver ici avec Mme Briggs ! Sans vous je ne sais vraiment pas ce que je deviendrais !

— Ici, monsieur Tyson, rien n'est plus comme avant ! Mais vous allez tout remettre en ordre.

— Comptez sur moi ! répliqua le jeune homme, un peu honteux de faire au vieil homme une si vaine promesse.

Mais comment lui avouer qu'il n'avait plus un sou et ne voyait vraiment pas comment s'en procurer ?

Les Briggs lui servirent un repas frugal, mais d'un geste il balaya leurs excuses, ainsi que leurs promesses de faire mieux chaque fois qu'ils seraient prévenus un peu plus tôt.

« Demain, je ramènerai du gibier : au moins, cela ne me coûtera pas grand-chose !... » se dit-il.

Mais si les fusils garnissaient toujours l'armurerie, le gibier, lui, avait peut-être disparu...

Sans vouloir se l'avouer, il avait un peu peur de poser certaines questions.

« J'aurais dû revenir aussitôt après la mort de mon père », se dit-il.

— *Le Chien et le Chat* existe toujours ? demanda-t-il lorsqu'ils eurent achevé leur modeste dîner.

— Pour sûr, m'sieur ! répliqua le vieux Briggs. Mais c'est plus l' même propriétaire. M. Tug est mort y a cinq ans et c'est un nommé M. Finch qui a racheté l'auberge.

— Alors je vais lui faire une petite visite, fit Tyson en retrouvant le sourire. Je ne pense pas rentrer bien tard, mais vous feriez mieux de ne pas m'attendre pour aller vous coucher ! En tout cas, ne fermez pas la porte d'entrée !

— Comptez sur nous, m'sieur, dit le vieux Briggs. Et quand vous rentrerez, n'oubliez pas de pousser le verrou, ça fait des années qu'la serrure est cassée !

— J'ai bien peur que ce ne soit pas la seule réparation à faire ! soupira Tyson en se levant de table.

Dans le couloir menant au hall d'entrée, un certain nombre d'ancêtres de sa grand-mère semblaient l'observer dans leurs cadres dorés.

Il ne les avait jamais particulièrement appréciés, mais il sentit monter en lui une bouffée de colère à la seule pensée que les portraits des Dale, souvent des œuvres de grands maîtres, étaient devenus la propriété de son oncle.

« C'est vraiment trop fort ! pensa-t-il en sortant de la maison. Je défendrai mes droits coûte que coûte, dussé-je y consacrer toute mon existence ! »

Là-dessus, de colère, il claqua la porte derrière lui, tout en se demandant s'il n'allait pas la faire sortir de ses gonds et allonger ainsi la liste des choses à réparer.

Il descendit le perron envahi par les herbes et quelques fleurs aux couleurs vives, puis siffla Salamanque.

Comme s'il l'attendait, le cheval ne s'était guère éloigné. Il rejoignit son maître au petit trot et se mit à le renifler.

Tyson lui flatta l'encolure.

— Tu t'es bien amusé, fiston ? demanda-t-il. Sûrement plus que moi, en tout cas ! Dès que nous serons de retour, nous irons voir dans quel état sont les écuries.

Comme pour montrer qu'il avait compris, Salamanque renifla de nouveau son maître. Puis ils prirent au petit trot la direction du village.

Quel soulagement de retrouver les petites maisons aux toits de chaume telles qu'elles étaient au temps de son enfance, groupées autour de l'église normande !

Quant aux petites maisons de retraite que sa mère avait fait construire, elles étaient toujours là, elles aussi, dans leur alignement familier. Sans doute y avait-il quelques tuiles en moins, par-ci, par-là, et les portes et les fenêtres avaient-elles besoin d'un sérieux coup de peinture, mais il n'eut pas le courage d'aller y voir de trop près, préférant se diriger vers la place du village.

Là, au moins, rien n'avait changé ! Ni la mare aux canards, ni les anciens entrepôts abandonnés depuis une centaine d'années, ni, de l'autre côté de la mare, *Le Chien et le Chat*, avec sa terrasse où chaque jour les vieux du village passaient des heures à échanger les tout derniers potins.

Bien entendu, à cette heure tardive, ils devaient tous être rentrés chez eux, mais le bar était sûrement plein de vieux amis car des voix et des rires fusaient par la fenêtre ouverte.

Cependant, lorsqu'il franchit la grille pour laisser Salamanque à l'écurie, petite mais bien aménagée, Tyson sursauta : même au café *Le Chien et le Chat*, les choses avaient bien changé depuis son départ pour les Indes !

La petite auberge de village s'était métamorphosée en véritable relais de poste, avec côté cour un nouveau bâtiment de deux étages qui devait comporter un nombre respectable de chambres.

Et de l'autre côté de la cour, où étaient garés

plusieurs véhicules, on avait même construit une nouvelle écurie !

De toute évidence les valets, s'il y en avait, étaient occupés ailleurs et Tyson dut installer Salamanque lui-même.

L'écurie était presque pleine et il eut bien du mal à trouver une stalle libre, où d'ailleurs la mangeoire débordait de foin frais mélangé d'un peu d'avoine : le cheval précédent avait sans doute un riche propriétaire, mais aussi un petit appétit.

Après tout ce qu'il venait de voir, Tyson ne s'attendait certainement plus à retrouver au bar un seul des villageois qu'il avait connus dans son enfance...

En effet, plusieurs heures plus tard, il avait certes fait la connaissance d'un certain nombre de gens et bu plus de la moitié d'une bouteille d'excellent bordeaux, mais il n'avait toujours pas revu d'amis d'enfance, et personne ne lui avait souhaité la bienvenue.

De son côté le nouveau propriétaire, M. Finch, ne ressemblait en rien à M. Tug, qui jadis cumulait les fonctions d'aubergiste et de pipelet.

Il était toujours prêt à commenter le moindre événement des heures durant, et rien ne pouvait jamais se produire à son insu !

Mais aujourd'hui, Finch ne s'intéressait qu'à l'argent de ses clients, et Tyson Dale fut traité exactement comme tous les autres consommateurs !

Dans sa solitude, Tyson eût adressé la parole à n'importe qui : il engagea donc la conversation avec des hommes qui se rendaient aux courses, et avec deux autres à qui un combat de boxe venait de rapporter beaucoup d'argent.

De ce fait, il dut accepter des boissons dont il n'avait guère envie, préférant de loin le bordeaux, qui était d'une qualité tout à fait exceptionnelle... sans doute avait-il été importé en fraude !

Lorsque, tard dans la nuit, le bar se vida, Tyson s'avisa qu'il ferait tout aussi bien, lui aussi, de rentrer chez lui.

Au moment de partir, il faillit aller se présenter au nouveau propriétaire, mais il se ravisa : de toute façon il ne manquerait pas de revenir, de préférence un jour où le bar serait moins fréquenté. De plus, il était fatigué et n'avait plus du tout envie de parler.

Comme il traversait la cour d'un pas moins décidé qu'à l'accoutumée, il se demanda si après une longue journée à cheval et un dîner frugal, il n'avait pas un peu trop forcé sur la boisson... D'ordinaire, il était beaucoup plus sobre !

Certes, il n'avait pas dédaigné les vins âpres du Portugal et d'Espagne, les préférant à l'eau, souvent impropre à la consommation dans ces pays... De plus, il adorait les vins français !

Mais avant tout il aimait avoir les idées claires dès l'instant du réveil, et ne concevait que du mépris pour l'entourage du Régent — un ramassis d'ivrognes notoires qui faisaient la joie des caricaturistes.

« Le grand air me fera du bien et quand j'arriverai à la maison, je serai tout à fait d'aplomb ! » se dit-il en ouvrant la porte de l'écurie.

Il s'apprêtait à dire à Salamanque : « J'espère que tu t'es régalé, mon gars, parce que ça pourrait bien être ton dernier repas ! » lorsqu'il entendit un jeune homme dans la stalle voisine :

— Tu es sûr que les cochers ne risquent pas de se réveiller avant le lever du jour ?

Intrigué, Tyson tendit l'oreille.

— Vous tracassez pas, patron, répondit un homme, au parler grossier, y vont dormir comme des souches jusqu'au matin et quand y s'réveilleront, y croiront qu'y z'ont été assommés !

— Parfait ! répliqua le jeune homme. De mon côté, j'ai drogué le vin des deux vieux : ils ne risqueront pas de nous déranger, eux non plus !

Là-dessus, ils éclatèrent de rire, et un troisième personnage se joignit à leur hilarité.

— Et maintenant, qu'est-ce qu'on fait, patron ? demanda ce dernier lorsqu'ils furent à peu près calmés.

— Toi, Jake, tu viens avec moi ! répondit le jeune homme. On descendra les bagages de la jeune dame pendant que Bill attellera les chevaux. Fais bien attention de ne rien oublier ! Je veux emporter le maximum d'affaires !

— Sûr que j' f'rai gaffe ! répliqua Jake.

— Alors, allons-y ! Bill, tu sais ce que tu as à faire ! Dès que j'aurai fait descendre la jeune dame, je veux qu'on file d'ici le plus vite possible !

— Soyez tranquille, monsieur Neville ! répliqua Bill.

Là-dessus, Tyson entendit deux des hommes s'éloigner. Le troisième conduisit les chevaux dans la cour.

Lâchant la bride de Salamanque, Tyson s'approcha de la porte entrouverte.

Effectivement, un homme menait les bêtes, déjà harnachées, vers le milieu de la cour où attendait une voiture aux portières closes.

« Cette histoire ne me regarde pas ! » pensa le jeune homme.

Mais en même temps, pouvait-il admettre que l'on droguât des cochers et des gens âgés ?

Bien sûr, il ne s'agissait sans doute que de l'enlèvement très romantique d'une jeune fille, mais dans ce cas, pourquoi cet homme voulait-il « tout emporter » ?

D'ordinaire, les amants sont moins terre à terre... A moins que les jeunes gens ne fussent devenus moins sentimentaux depuis son départ pour les Indes ?

De toute façon, cela non plus ne le regardait pas...

Cependant, la curiosité l'emporta : d'un pas lent mais décidé, Tyson traversa la cour sans que Bill, occupé à attacher les brancards, jette un seul coup d'œil dans sa direction, et il se dirigea vers la porte que venaient de franchir Jake et le jeune homme.

Après tout, quel mal pouvait-il y avoir à satisfaire sa curiosité ?

Le village, jadis si paisible, avait décidément bien changé pendant son absence !

Auparavant, jamais ses murs n'avaient abrité de scandale !

En passant devant les chevaux, Tyson prit le temps de les examiner en connaisseur : ils étaient excellents et très rapides ! Le couple en fuite n'aurait aucun mal à échapper à tous ses poursuivants.

Les nouveaux bâtiments, dans lesquels Dale venait d'entrer, comportaient de nombreuses salles à manger intimes, donnant sur un large couloir d'où s'élançait un escalier recouvert de moquette. Il le gravit tout naturellement après s'être assuré qu'il n'y avait personne au rez-de-chaussée.

A peine avait-il atteint le premier étage qu'il vit un homme s'avancer dans sa direction, une grosse malle sur le dos.

Prestement, il se dissimula dans un recoin du corridor et laissa Jake descendre l'escalier avec mille précautions.

Puis il se dirigea vers une porte ouverte par où s'échappaient des flots de lumière.

Soudain retentit la voix impatiente du jeune homme :

— Pour l'amour du Ciel, dépêchez-vous donc !

— Comment voulez-vous que je m'habille si vous restez planté là à me regarder ? riposta une petite voix plaintive.

— Je vous ai déjà dit que je fermais les yeux ! Et si vous ne vous pressez pas, je vous emmènerai comme vous êtes, que cela vous plaise ou non !

— Vous... vous n'oseriez tout de même pas !... Je... je vous en empêcherai !... Comment pouvez-vous vous conduire d'une manière aussi... scandaleuse ?

— Je vous ai promis de vous épouser ! Que pouvez-vous demander de plus ?

— Mais je ne veux pas... pas... me marier ! répliqua la jeune fille en éclatant en sanglots.

— Taisez-vous et dépêchez-vous ! glapit le jeune homme. Je vous garantis que je n'attendrai pas longtemps !

La jeune fille gémit comme un animal blessé et Tyson sentit ses poings se serrer.

Soudain, il fit demi-tour et se dirigea vers l'escalier, mais Jake apparut au rez-de-chaussée et il n'eut que le temps de se dissimuler dans le même recoin que celui où il était lorsque le même personnage était passé avec la malle.

Il y eut des chuchotements puis l'homme réapparut, avec cette fois-ci un grand sac sur les épaules et une petite valise à la main.

Tyson le suivit et le regarda poser son chargement près de la voiture.

— Il y en a encore une ! dit Jake à Bill avant de repartir.

Mais Tyson, dissimulé dans le couloir, le cueillit d'un uppercut au menton qui le projeta à terre.

Jake était grand et fort, taillé à coups de serpe... Mais, pris par surprise, il s'était abattu comme un chêne sous la cognée !

Voyant que son adversaire ne reprendrait pas ses esprits de sitôt, Tyson ouvrit la porte la plus proche.

Elle donnait sur une de ces petites salles à manger particulières que les nobles, petits ou grands, préféraient toujours aux salles communes lorsqu'ils se trouvaient obligés de descendre dans un relais de poste.

Tyson y traîna Jake, referma la porte à double tour, puis remonta vivement l'escalier.

— Je veux... emporter mon... châle ! gémit la jeune fille. Autrement... je vais prendre froid !

— Vous serez au chaud dans mes bras ! répliqua le jeune homme d'un ton moqueur.

Sa voix était grinçante et extrêmement déplaisante.

De toutes ses forces, Tyson le saisit par la nuque. Il suffoqua, incapable de se retourner pour faire face à son assaillant, et Tyson en profita pour lui assener le même coup de poing qu'à son complice !

Littéralement soulevé de terre, il heurta de la tête une arête de la commode avant de s'étaler avec fracas sur le plancher. Inconscient, il semblait contempler ses jambes d'un air hébété.

Ce misérable était extrêmement élégant, vêtu à la dernière mode, et sa cravate savamment nouée aurait fait l'envie de n'importe quel dandy.

— Vous m'avez sauvée ! s'écria la jeune fille, arrachant Tyson à sa contemplation. Qui... êtes-vous ? Comment se fait-il que vous soyez venu... juste au bon moment ?

Les mots se bousculaient en franchissant ses lèvres adorables, ornant un très fin visage ovale aux yeux immenses levés vers lui... C'était la créature la plus adorable qu'il eût vue depuis bien longtemps.

— Comment pourrai-je jamais... vous remercier ? demanda-t-elle en joignant les mains... Oh ! je vous en prie... emmenez-moi... loin d'ici !

— Vous emmener ? s'étonna Tyson. Ce triste personnage a drogué le couple de gens âgés qui, je suppose, vous chaperonnent, mais ils seront sans doute sur pied dans la matinée et vous pourrez poursuivre votre voyage.

Avant de répondre, la jeune fille jeta un coup d'œil par-dessus son épaule comme si elle craignait de voir apparaître le couple en question.

— Vous... ne comprenez... pas ! gémit-elle enfin.

— J'ai bien peur que non ! répliqua Tyson en souriant. J'ai seulement entendu que le cocher avait reçu l'ordre de vous droguer ! Quant au misérable dandy qui gît à vos pieds, il a drogué le vin de vos accompagnateurs... J'ai cru d'abord que vous étiez un couple d'amants préparant sa fuite.

Un frisson parcourut la jeune fille qui ouvrit de grands yeux.

— C'est ce qu'il aurait bien voulu, mais j'ai refusé... de l'épouser, alors... il a pris les choses en main !

En effet, il fallait vraiment être de bois pour ne pas désirer épouser une personne aussi séduisante !

Elle était nu-tête et, à la lueur des chandelles, ses merveilleux cheveux jetaient des reflets cuivrés... Mais comment croire qu'une personne aussi menue et délicate était déjà en âge de se marier ?

Cependant, sa robe en soie bleue, à la dernière mode, soulignait à n'en pas douter d'exquis petits seins et des hanches de femme.

— Sir Neville était... très pressant ! poursuivit-elle. Il ne voulait pas... admettre... mon refus ! Mais, si vous ne... m'aidez pas, le sort qui m'attend est peut-être... pire encore !

— Je ne comprends toujours pas ! répliqua Tyson. Mais ce n'est pas maintenant que je vais refuser de vous aider, si toutefois je peux vraiment quelque chose pour vous !

— Oh ! merci ! Merci mille fois, vous êtes si bon ! Je vois bien que je peux... vous faire... confiance !

— Qu'est-ce qui vous donne cette assurance ? s'étonna Tyson.

— Je... ne sais pas... répondit-elle avec un geste évasif, mais c'est un fait... Vous vous êtes porté à mon secours alors que je me croyais irrémédiablement perdue... Si je ne lui obéissais pas, sir Neville menaçait de...

La jeune fille s'interrompit, rouge de confusion.

— J'ai entendu ses menaces ! dit Tyson, sinistre. N'y pensez plus !

— Et... s'il reprenait ses esprits... et vous attaquait ? demanda-t-elle avec inquiétude en considérant l'homme étendu à ses pieds.

— J'ai bien peur qu'il ne soit K.-O. ! répondit Tyson d'un ton tout à fait rassurant.

— Oh ! je vous en prie !... emmenez-moi dans un endroit... sûr, où je pourrai... me cacher !

— Mais pourquoi donc ?
— Parce que mon oncle et ma tante me conduisent à Londres, et ils veulent... me marier... à un homme que je déteste, que... j'abomine !
— Et vous êtes obligée de leur obéir ?
— Ce sont mes tuteurs ! Et je n'ai que dix-neuf ans...

Tyson avait complètement oublié que les jeunes femmes de moins de vingt et un ans (et même souvent au-delà de cet âge !) devaient une obéissance absolue à leur tuteur, que ce fût leur père ou leur oncle...

Et de toute façon une créature aussi frêle aurait bien du mal à s'opposer à qui que ce fût...

— Je ferais... peut-être mieux... de mettre fin... à mes jours ! Jamais je n'épouserai un homme que je déteste ! murmura la jeune fille d'une voix faible. Mais, poursuivit-elle, je ne sais pas... comment m'y prendre... Ce serait... horrible... si je visais mal... ou si le couteau... ne faisait... que me blesser !

— Ne dites pas des choses pareilles ! interrompit sèchement Tyson. Vous êtes si jeune et si séduisante ! Il y a sûrement une quantité de jeunes gens que vous ne détestez pas et qui seraient tout prêts à vous épouser !

— On ne m'a jamais permis... de rencontrer beaucoup d'hommes... Seulement ceux qui plaisaient à mon oncle ! Il a éliminé sir Neville... et vous avez vu le résultat !

— Les hommes ne sont pas tous aussi odieux ! dit Tyson d'un ton convaincu. Et vous pourrez sans doute faire entendre raison à votre oncle, quand il sera remis !

— C'est impossible, impossible ! s'écria-t-elle, le fixant dans les yeux de son regard implorant.

Il a décidé une fois pour toutes de me faire épouser ce... monsieur... qui m'attend à Londres !... Et ma tante... qui me déteste... soutient que c'est le meilleur parti possible !

Tyson pensa que s'il avait seulement un grain de bon sens, il jugerait qu'il en avait assez fait ! Maintenant qu'il avait sauvé cette toute jeune fille — presque une enfant — d'un odieux enlèvement, le mieux n'était-il pas de quitter la scène et de laisser faire le destin ?

Mais la jeune fille dut sentir son indécision, car elle ajouta avec véhémence :

— Je vous en prie... je vous en prie... vous êtes mon seul espoir !... Si vous m'abandonnez... je me tuerai, je le jure ! Je ne pourrai jamais faire ce qu'ils veulent ! Jamais.

— Mais pourquoi donc ? demanda brusquement Tyson.

— Dès que cet homme... qu'ils veulent me faire épouser... me touche... seulement... la main, cela... me glace d'horreur... Je suis sûre qu'il y a en lui... quelque chose de mauvais... Il est... méchant !... Je le sais... dans mon cœur !... Mais quand j'essaye de l'expliquer à mes tuteurs... ils répondent que tout cela... se passe dans mon imagination !... Ah ! si seulement vous pouviez... me cacher... même seulement un jour ou deux ! poursuivit-elle en se rapprochant de Tyson. Cela me donnerait toujours... le temps de faire le point et peut-être... de trouver au moins une personne... qui serait bonne pour moi... et qui pourrait m'aider... Je vous en serais reconnaissante... toute ma vie... du fond du cœur !

Elle se tut un instant, l'interrogeant toujours du regard. Puis elle ajouta d'un ton un peu plus décidé :

— Si vous refusez... je serai obligée... de m'enfuir toute seule ! Croyez-vous que je pourrais trouver une voiture pour m'emmener... à Londres ?

— Vous ne pouvez certainement pas aller à Londres toute seule ! s'écria Tyson.

— Alors... peut-être ailleurs ? Je crois que Douvres est beaucoup plus près d'ici.

C'était bien la dernière ville à laquelle il fallait penser ! Douvres était envahi par les soldats revenant de la guerre qui erraient dans les rues, ivres de bière et de liberté retrouvée !

Les officiers, de leur côté, fêtaient sans doute encore leur victoire à l'hôtel *Lord Warden* avec tous les bons vins qu'ils pouvaient trouver.

— Il ne faut pas non plus que vous alliez à Douvres ! s'écria Tyson.

— Alors, où ? Il doit bien y avoir... d'autres endroits ! s'écria la jeune fille avec désespoir.

— Réfléchissez donc un peu ! Je suis sûr que vous avez toujours vécu dans le luxe et que vous n'avez jamais manqué de rien... Je sais bien que le mari auquel on vous destine vous paraît odieux, mais les femmes, quand elles le veulent bien, sont expertes dans l'art de tirer le meilleur parti de tout ! Et vous vous mettrez peut-être à l'aimer quand vous le connaîtrez mieux !

— Ça, jamais ! Je vous répète qu'il me fait horreur ! Plutôt mourir... et je suis sérieuse... que le laisser m'approcher !

Elle avait enfoui son visage dans ses mains, et son corps était parcouru de longs frissons... Fondées ou non, ses craintes n'étaient certes pas feintes !

De nouveau une petite voix conseilla à Tyson de partir pendant qu'il était encore temps... Il allait déjà avoir bien du mal à prendre soin de lui-même ! Ce n'était pas le moment de songer à subvenir aux besoins d'une ravissante jeune personne dont l'élégance si raffinée trahissait le très haut niveau social.

Indécis, il l'observait en silence lorsqu'elle découvrit de nouveau son visage.

— Je vous en prie ! s'écria-t-elle. Je jure que je ne vous causerai... aucun ennui ! Je partirai aussitôt que possible !... Mais il me faut un peu de temps pour trouver... où aller !

Tyson fut-il ému par ses grands yeux embués de larmes ? En fait, dès cet instant sa décision fut prise. Il n'avait jamais pu supporter de voir pleurer une femme, et tandis que sa raison lui chuchotait qu'il était fou, il s'entendit néanmoins répondre :

— C'est bon ! Je vais vous aider, mais seulement pour nous laisser le temps de réfléchir !

— Oh ! merci ! Merci mille fois ! s'écria-t-elle, le visage rayonnant de joie.

— J'ai la désagréable impression que je ne suis pas au bout de mes ennuis !

— Si je vous en cause d'une manière ou d'une autre, je saurai m'acquitter de cette dette... Tout ce que je vous demande pour l'instant... c'est de m'emmener... loin d'ici !

Tyson prit la seule valise qui restait dans la pièce.

— C'est bon, venez ! dit-il en souriant. Mais n'oubliez pas le châle dont vous parliez il n'y a pas longtemps !

Elle ne parut pas s'étonner qu'il en connût l'existence. En même temps que le châle, elle sortit de la penderie un séduisant chapeau à brides tout à fait assorti à sa robe.

— Vous n'avez rien oublié ? demanda Tyson.

Elle balaya la chambre du regard.

— Non. Cet homme avait emporté tout le reste ! Sir Neville ne cessait de me répéter de ne pas oublier mes bijoux... Je crois qu'il les désirait tout autant que ma personne...

— Je n'en suis pas si sûr ! coupa Tyson. Dépêchons-nous avant qu'on ne s'aperçoive de ce qui vous est arrivé !

— Oui... dépêchons-nous ! répéta la jeune fille.

Craintivement, elle contourna sir Neville, étendu de tout son long, puis quitta la chambre avec Tyson.

Ce dernier ferma la porte à double tour et empocha la clé.

— J'espère qu'ils ne se réveilleront pas trop tôt demain matin ! fit-il.

La jeune fille eut un petit rire de connivence, puis s'élança dans les escaliers à la suite de son sauveur.

Mais une fois en bas, son inquiétude reprit le dessus :

— Et maintenant, qu'allons-nous faire ? murmura-t-elle.

— Attendez-moi ici et ne bougez pas ! ordonna-t-il.

Très calme, il ouvrit la porte et fit quelques pas dans la cour.

Comme prévu, Bill occupait le siège du cocher et tenait déjà les rênes, les yeux fixés sur l'inconnu qui s'avançait vers lui.

— J'ai un message pour vous ! murmura Tyson.

Bill se pencha pour mieux l'entendre, mais Tyson l'empoigna par le col et le fit rouler à terre.

— Eh ! qu'est-ce qui vous prend ? s'écria

l'infortuné avant d'être réduit au silence de la même manière que son employeur et Jake.

Tyson le traîna dans une stalle et le jeta sur la paille, puis il ouvrit la stalle voisine :

— Allons, Salamanque, on s'en va !

Le cheval se tourna vers lui. Tyson lui passa les rênes et remonta les étriers dans les sangles.

Puis il le conduisit vers la voiture et fit un signe à la jeune fille qui attendait toujours sur le pas de la porte, dans l'obscurité.

Immédiatement, elle s'élança vers lui.

— Qu'allez-vous faire de votre cheval ? demanda-t-elle dans un souffle.

— Ne vous inquiétez pas, il va nous suivre ! répondit-il en l'aidant à monter.

Il plaça la valise à ses côtés, claqua la portière et monta à la place du cocher.

Les deux chevaux devaient être bien fatigués, car ils n'avaient pas bronché tandis qu'il assommait leur précédent conducteur !

Dès qu'ils furent sur la route, Tyson s'assura que Salamanque les suivait bien, puis entreprit de traverser sans hâte le village.

« Et moi qui croyais retrouver une Angleterre paisible et un tantinet ennuyeuse ! songea-t-il avec amusement, en s'engageant dans l'allée de Revel Royal. Jamais je n'aurais cru que je commencerais ma vie de civil par une telle aventure !

Et une aventure, pensa-t-il un peu plus loin, tandis que la silhouette de la maison se découpait dans le clair de lune, qui pourrait bien me conduire tout droit en prison si je ne suis pas extrêmement prudent ! »

... Et il avait la désagréable impression qu'en Angleterre le détournement de mineur était puni de relégation dans les colonies !

2

La voiture s'était à peine arrêtée devant l'entrée principale que déjà un homme dévalait le perron.

— Hawkins ! s'écria Tyson au comble de la surprise. Si je m'attendais à te voir si tôt !

L'homme salua fièrement son maître en arborant un sourire épanoui.

— Le voyage a été moins long que j'croyais ! expliqua-t-il.

— Tu ne peux pas mieux tomber ! dit Tyson en mettant pied à terre.

Hawkins entreprit aussitôt de sortir les bagages, tandis que la jeune fille, intimidée, se décidait tout de même à descendre.

— Quelle belle maison ! s'écria-t-elle. Elle vous appartient ?

La lune, se reflétant sur les fenêtres en forme de diamants — ou ce qu'il en restait —, parait Revel Royal de cette ensorcelante beauté que Tyson connaissait depuis toujours, faite d'ombres mystérieuses et de lumières insolites.

— A l'intérieur, elle est loin d'être aussi belle ! dit-il. Mais vous devrez bien vous en accommoder !

— Bien sûr ! répliqua vivement la jeune fille. Vous savez à quel point je vous suis reconnaissante de m'avoir emmenée avec vous !

Là-dessus, elle gravit les marches du perron et pénétra dans le hall éclairé.

Tyson se tourna vers Hawkins, qui avait fini de sortir les bagages.

— Je voudrais que tu ramènes cette voiture sur la place du village. Tu sais où elle se trouve ?

— Pour sûr, m'sieur !

— Très bien ! Tu l'abandonneras là-bas avec les chevaux et tu reviendras aussi vite que possible. Surtout, ne te fais pas remarquer !

— Comptez sur moi, m'sieur !

Cela ressemblait bien à cet homme qui l'avait fidèlement servi pendant six ans, en péninsule Ibérique et en France, d'exécuter sans question ni commentaire les ordres les plus inattendus et les plus extravagants !

— Je vais rentrer Salamanque à l'écurie, dit Tyson, si toutefois je peux trouver une stalle habitable !

— Laissez-moi faire, m'sieur, intervint Hawkins. J'ai tout préparé ! J'ai même trouvé de la paille ! Et il a couché dans des conditions bien pires — tout comme nous, d'ailleurs.

Tyson se prit à sourire à son domestique.

La guerre lie les hommes par une camaraderie toute particulière, née d'un sentiment exaltant de solidarité... sans doute très difficile à maintenir en temps de paix !

Mais pour l'instant, l'entente la plus parfaite régnait entre Hawkins et lui.

— Je vais t'aider à porter les bagages ! dit Tyson.

Ils prirent un énorme sac de cuir chacun par une poignée, et le transportèrent dans le hall.

La jeune fille les attendait, debout; à la lueur des chandelles ses cheveux semblaient parsemés d'étincelles.

Rien d'étonnant à ce que des hommes voulussent l'épouser coûte que coûte !

— J'y vais maintenant, dit Hawkins dès que la dernière valise fut rentrée. Et tout est déjà prêt dans la « suite du Maître », comme dit la vieille dame !

— Je te remercie, Hawkins, répondit Tyson, mais ce soir j'offre l'hospitalité à cette jeune demoiselle !

— Oh ! non ! s'écria-t-elle. Je ne veux pas vous chasser de votre chambre !

— Hawkins et moi sommes habitués aux campements de fortune ! répliqua Tyson. Mais je vais voir si la chambre de ma mère est habitable, et demain vous pourrez peut-être y coucher !

Elle leva sur lui ses yeux immenses, d'un bleu si sombre et si profond à la lueur dansante des bougies qu'on eût dit l'océan juste avant la tempête...

Voulut-elle lui prouver sa gratitude ? Toujours est-il qu'elle ne protesta pas davantage.

— Avez-vous tout ce qu'il vous faut pour la nuit ? demanda Tyson en prenant la valise la plus petite.

— Oui, répondit-elle. C'est tout ce dont j'avais besoin à l'auberge. Mais mon oncle pensait que mes autres bagages seraient plus en sécurité dans ma chambre que dans la voiture.

— Il avait certainement raison !

Ils commencèrent à gravir l'escalier, mais Tyson se ravisa et retourna chercher une bougie.

— Je ne suis arrivé qu'aujourd'hui, expliqua-t-il, et je suppose que les couloirs ne sont pas éclairés.

A la voir examiner toutes choses avec attention, Tyson se doutait bien que la poussière omniprésente ne lui échappait pas plus que les vitres cassées remplacées par des chiffons, sans parler des pilastres branlants de l'escalier de chêne sculpté.

— J'ai été absent treize ans ! fit-il remarquer, comme pour s'excuser.

— J'étais certaine que vous étiez soldat, même avant d'avoir vu votre serviteur en uniforme !

— Qu'il n'a déjà plus le droit de porter ! s'empressa de préciser Tyson avec amertume.

Depuis plusieurs jours déjà il se demandait ce qu'il allait faire de son fidèle compagnon. Demain il faudrait lui dire encore une fois qu'il ne pouvait plus subvenir à ses besoins !

La dernière fois qu'il l'avait fait, juste après leur départ de Douvres, Hawkins avait tout de même voulu précéder Tyson à Revel Royal... Et pour être sûr que son maître compterait sur lui, il avait gardé toutes ses affaires, à l'exception du nécessaire pour la nuit !

— J'ai aucun projet, m'sieur, avait dit Hawkins. Mes parents sont morts et j'ai pas d'domicile. J'vais veiller à vot'installation à Revel Royal, puis si vous n' savez que faire de moi, j' passerai mon ch'min !

— Mais cela n'a rien à voir ! avait répliqué Tyson. Ce n'est pas le travail qui manque, c'est l'argent ! Je me demande même si je pourrai nourrir Salamanque tous les jours !

Il gardait alors au fond du cœur le secret espoir que la situation serait tout de même moins mauvaise que prévu... mais elle était apparue encore bien pire !

Et maintenant, tandis qu'ils gravissaient la dernière marche de l'escalier pour se rendre dans ce qu'on appelait autrefois la « suite du Maître », Tyson se trouvait complètement fou de s'être encore compliqué l'existence en prenant une inconnue sous sa protection ! Au mieux, les maigres économies qu'il avait faites en France dureraient quelques mois... Mais ensuite, qu'adviendrait-il ?

Comme il s'y attendait, Hawkins — à moins que ce ne fût le vieux Briggs — avait allumé deux bougies sur la commode surmontée d'un miroir au cadre d'acajou.

Il posa donc sa propre bougie sur une table située dans le couloir et laissa la jeune fille entrer la première dans la « suite du Maître ».

— Quel lit superbe ! s'exclama-t-elle aussitôt. Je n'en avais jamais vu de semblable !

Tyson sourit. Tout le monde avait ce genre de réaction en voyant pour la première fois l'immense lit à baldaquin où, semblait-il, le roi Charles II en personne avait dormi !

Certes, il pouvait être impressionnant, avec ses montants sculptés et dorés, et le baldaquin où les cupidons semblaient rivaliser avec les pompons dorés, dans le plus pur style Restauration !

... D'autant plus que le faible éclairage ne permettait guère de remarquer les dégradations des sculptures et des dorures, ni la couche de poussière, pourtant impressionnante, qui habillait les cupidons !

De même, on ne voyait pas trop les déchirures des tentures brodées, ni les dommages que les souris affamées avaient causés aux dentelles.

Mme Briggs avait mis les draps et les oreillers brodés de dentelle que la mère de Tyson utilisait souvent.

Il déposa la valise et en détacha les sangles.

— J'espère que vous passerez une bonne nuit ! dit-il. A votre place, je me coucherais tout de suite et j'essaierais de tout oublier jusqu'à demain matin !

— Je vais... essayer ! dit-elle, visiblement pas très convaincue.

Puis, une fois de plus, le regard implorant de la jeune fille rencontra celui de Tyson.

— Qu'avez-vous donc ? demanda-t-il.

— Je ne voudrais pas... vous ennuyer, répondit-elle, mais... vous ne serez pas... trop loin... au cas où quelque chose... me ferait peur cette nuit ?

— Je dormirai dans la chambre à côté, si, comme je l'espère, elle est encore habitable ! Mais verrouillez tout de même votre porte : cela vous rassurera ! Je suppose, ajouta-t-il après une courte hésitation, que je devrais vous demander si vous désirez manger quelque chose... Mais pour être tout à fait franc, j'ai bien peur de ne rien pouvoir vous offrir à une heure aussi tardive !

— Je vous remercie, je n'ai besoin de rien ! répondit-elle. Et encore une fois, merci d'avoir été si bon pour moi ! Je n'aurais jamais cru que l'on pouvait être si merveilleux... à l'égard d'une inconnue !

Sa voix tremblait légèrement et elle paraissait au bord des larmes.

— Mettez-vous donc au lit le plus vite possible ! dit-il d'une voix rassurante. Tout ira beaucoup mieux demain matin ! Nous tiendrons un conseil de guerre pour décider ce qu'il convient que vous fassiez.

Puis, se dirigeant vers la porte, il demanda :

— Au fait, comment vous appelez-vous ?

La jeune fille parut hésiter :

— Mon père... m'appelait toujours... Vania.

— C'est plutôt original ! Moi, je m'appelle Tyson.

De toute évidence, elle n'avait aucune envie de lui dire son nom de famille ; et c'était bien la première fois depuis leur rencontre qu'elle se montrait un tant soit peu raisonnable et réservée !

— Bonne nuit, Vania ! dit-il en ouvrant la porte.

— Bonne nuit, Tyson ! répondit-elle.

Au passage, il reprit la bougie qu'il avait laissée dans le corridor et se rendit dans la chambre voisine.

C'était celle de sa mère, et un instant il se crut redevenu petit garçon, prêt à s'élancer vers l'être qu'il aimait le plus au monde et dont il se savait aimé !

Mais au lieu du doux parfum qui autrefois régnait là, mêlé à celui des fleurs, il ne sentit qu'une fade odeur de poussière.

Et ce n'étaient pas les draps qui recouvraient les meubles, ni les tentures du lit posées à même le matelas qui auraient pu adoucir la frustration qu'il éprouvait.

La bougie à la main, il se dirigea droit vers la fenêtre pour ouvrir les volets.

La chambre donnait derrière la maison, sur le jardin. Au-delà de la pelouse et des parterres de fleurs, la tache claire d'un temple grec semblait le reflet du clair de lune.

Un des Osborne l'avait rapporté de Grèce un

siècle plus tôt. Là, sa mère lui avait si souvent raconté les légendes de la mythologie grecque qu'il avait fini par les aimer tout autant qu'elle.

Comme il aurait aimé posséder à la fois la beauté d'Apollon et les innombrables vertus de ces dieux merveilleux qui avaient apporté aux hommes une lumière et une philosophie nouvelles !

Tout cela paraissait bien lointain à présent ! Ces nobles aspirations avaient pour la plupart sombré dans le fleuve de l'oubli, car des années durant il n'avait eu qu'un seul objectif : exterminer le plus grand nombre possible d'ennemis.

Jamais il ne s'était demandé si les Français étaient des êtres humains : pour lui, ils ne pouvaient être que des objets de haine, par le seul fait qu'ils étaient commandés par un fou ambitieux qui s'appelait Bonaparte !

Lorsqu'il regagna le lit, l'air pur de la nuit estivale avait déjà dissipé l'odeur de poussière.

Il enleva les tentures et tira le couvre-lit en toile de Hollande : il n'y avait pas de draps, mais plusieurs couvertures blanches bien épaisses étaient soigneusement pliées à côté de deux oreillers en plume de cygne.

Tout ceci était d'un confort princier comparé aux campements de fortune dans lesquels il avait dormi pendant treize ans !

Souriant à l'évocation de ces souvenirs, il se déshabilla.

Hawkins, à son retour du village, ne manquerait certainement pas de souffler toutes les bougies dans le hall et de pousser le verrou de la porte d'entrée comme le vieux Briggs le lui avait demandé.

Malgré tout, ils ne risquaient guère de recevoir

la visite de cambrioleurs après tant d'années d'absence, et de toute façon il n'y avait vraiment pas grand-chose à emporter.

Tout de même, il ferait mieux de s'en assurer ! Dès demain, il fouillerait la maison de fond en comble à la recherche d'un objet dont il pourrait peut-être tirer quelque argent.

Mais tous les autres soldats démobilisés allaient sans doute, comme lui, chercher à vendre leurs biens pour survivre !

... Et en se glissant sous les couvertures, Tyson imagina tous les meubles anciens et les portraits de famille qui allaient envahir le marché !

Oui, l'avenir était terriblement inquiétant... Cependant, comme la journée avait été très longue et fort bien remplie, et qu'il n'avait pas fermé l'œil la nuit précédente (il avait dû s'occuper de Salamanque pendant toute la traversée...), il se sentit incapable de penser une seconde de plus à l'avenir : ses paupières s'alourdirent comme deux chapes de plomb et il n'eut plus qu'un désir : dormir au plus vite et oublier tous ses soucis !

Avant de sombrer dans le sommeil, sa dernière pensée fut la suivante : la maison était certes fort délabrée, et les difficultés qui l'attendaient au domaine sans doute innombrables, mais, au moins, tout cela lui appartenait !

Peut-être était-il sans le sou, mais en tout cas il était son propre maître !

Pendant ce temps, dans la chambre voisine, Vania s'était déshabillée lentement, avait passé une ravissante chemise de nuit en linon, puis, toujours un peu inquiète, s'était couchée en gardant une bougie allumée sur sa table de nuit.

A l'auberge, elle dormait profondément lorsque sir Neville Blakely avait fait irruption dans sa chambre, lui enjoignant de s'habiller sur-le-champ.

— Comment osez-vous entrer ici ? s'était-elle écriée, n'en croyant pas ses yeux.

— Levez-vous ! avait-il hurlé en guise de réponse, et dépêchez-vous ! Vous allez venir avec moi et demain matin nous serons mari et femme !

Interloquée, la jeune fille s'était assise sur son lit.

— Je n'ai pas du tout l'intention de vous épouser ! Je vous prie de quitter ma chambre !

— Mais moi, j'ai décidé que vous seriez ma femme, et ce ne sont pas vos jérémiades qui pourraient me faire changer d'avis ! Et si vous ne commencez pas à vous habiller immédiatement, c'est moi qui vous aiderai : vous vous doutez bien que je suis une dame de compagnie des plus expertes !... Je peux aussi vous emmener telle que vous êtes !

Là-dessus, il s'était approché du lit tandis que Vania le fixait de ses yeux dilatés par la peur.

— Non... non ! cria-t-elle. Je ferai... ce que vous... voulez !

Il était évident qu'il n'hésiterait pas une seconde à mettre ses menaces à exécution !

— Plus vite que cela ! rugit-il.

— Je... je ne peux tout de même pas... sortir du lit... tant que vous me regardez !

— C'est une chose que vous serez bien obligée de faire quand nous serons mariés !

— Mais... nous ne le sommes pas... encore ! dit la jeune fille d'une voix qu'elle voulait provocante, mais qui en réalité était faible, craintive et proche des larmes.

— Je vais fermer les yeux ! concéda Neville.

La jeune fille n'en crut pas un mot, mais comme elle n'avait guère le choix, elle se glissa tout de même hors du lit et se vêtit tant bien que mal derrière le haut fauteuil sur lequel elle avait posé ses vêtements.

— Comment... peut-on se conduire... d'une telle manière ? demanda-t-elle dès qu'elle fut assez vêtue pour se sentir quelque courage.

— Je vous l'ai déjà dit : j'ai décidé de vous épouser ! rugit sir Neville. Et je n'ai pas oublié les insultes de votre oncle !

— Il... ne vous trouvait pas... digne... de moi !

— Oh ! vous savez, j'ai beaucoup de suite dans les idées ! rétorqua Neville.

— Je... je vous en... supplie, ne... m'emmenez pas ! implora la jeune fille. Allez voir... mon oncle demain matin et essayez de... lui faire changer d'avis !

— Vous savez très bien, répliqua sir Neville avec un rire grinçant, qu'il ne m'écoutera pas plus que les autres fois et qu'il m'éconduira honteusement ! C'est devenu une habitude chez lui !

De nouveau il éclata d'un rire menaçant.

— Non, mademoiselle Clever, non ! poursuivit-il. Ce serait trop facile ! Vous allez me suivre immédiatement et m'épouser à la première heure demain matin ! Après, nous aurons tout le temps pour bavarder.

— Ce n'est pas légal, je suis... trop jeune ! protesta Vania.

— Ce sera à votre oncle et à son avocat de le prouver ! Mais vous vous apercevrez bien vite qu'ils accepteront sans peine l'inévitable dès que vous m'appartiendrez !

Vania ne savait que trop qu'il disait vrai.

Elle frissonna de tout son être, songeant avec désespoir qu'une fois entre ses griffes il ne la lâcherait plus jamais.

Elle le détestait depuis l'instant où ils avaient été présentés : il lui avait fait toutes sortes de compliments exagérés, puis s'était montré si désagréable en dansant avec elle qu'elle l'avait fui de son mieux tout le reste de la soirée.

Depuis, elle avait toujours eu l'impression de ne pouvoir faire un pas sans le trouver sur son chemin ! Du reste il n'avait pas tardé à la demander en mariage à son oncle.

Heureusement, au grand soulagement de Vania, celui-ci avait traité sir Neville de coureur de dot, d'opportuniste et de goujat... Il avait même ordonné à ses serviteurs de ne plus jamais le laisser entrer !

La jeune fille s'était alors crue pendant quelque temps débarrassée de sir Neville, jusqu'à ce qu'une menace encore pire survînt, en la personne d'un nouveau prétendant, que son oncle, cette fois, approuvait sans réserve.

— Vous épouserez l'homme que je vous ai choisi ! avait-il affirmé. Plus vite vous commencerez votre vie conjugale, mieux cela vaudra ! Et votre tante est parfaitement d'accord avec moi sur ce point !

Mais Vania savait bien que c'était seulement la jalousie qui dictait cette attitude à sa tante... Quant à son oncle, il était tout simplement las de gérer ses biens !

Depuis deux ans qu'elle était contrainte de vivre sous leur toit, la jeune fille n'avait pas passé une seule nuit sans verser des larmes amères au souvenir de son père adoré ! Ils avaient été si heureux ensemble !

Et tous les jours elle regrettait de ne pas l'avoir accompagné dans son dernier voyage.

Très courageusement, car l'Angleterre était alors en guerre, son père avait tenu à se rendre aux Antilles, où il avait beaucoup de biens et d'intérêts financiers.

Mais l'ennemi n'avait été pour rien dans sa mort : lors de son retour, une forte tempête avait rompu le mât de son navire qui avait chaviré.

« Si seulement j'avais pu mourir avec lui ! » se répétait la jeune fille depuis lors.

Et dès qu'on lui avait annoncé son mariage, elle avait décidé que l'homme qu'on lui imposait ne la toucherait jamais, dût-elle pour cela se réfugier dans la mort !

Elle éprouvait encore davantage de répulsion pour lui que pour le plus venimeux des serpents !

Depuis lors, elle ne cessait d'examiner avec désespoir les deux solutions qui s'offraient à elle (elle ne pouvait en concevoir de troisième...) : mourir ou bien échapper à son oncle avant d'arriver à Londres !

Mais lorsque sir Neville avait fait irruption dans sa chambre pour l'enlever, elle avait perdu tout espoir d'échapper à un destin qu'elle jugeait « pire que la mort » !

Et c'est juste à ce moment-là qu'un inconnu l'avait sauvée ! C'était si incroyable, si inattendu !

Même après une nuit passée à Revel Royal, elle osait à peine croire qu'il ait pu triompher de sir Neville à l'instant précis où l'infâme dandy savourait sa victoire, et s'apprêtait à l'emmener loin de son oncle et de sa tante, profitant de ce qu'ils étaient sous narcotique !

Dire qu'elle n'était plus obligée d'aller à Londres

pour épouser un homme qu'elle détestait de tout son corps et de toute son âme !..

— Libre ! Enfin libre ! murmura Vania pour elle-même.

Comment pourrait-elle jamais exprimer toute sa reconnaissance à son sauveur qui dormait dans la chambre voisine ?... Lorsqu'il avait assommé sir Neville, il lui était apparu comme un ange libérateur, ou comme Persée sauvant Andromède du monstre marin !

Toutefois, il était parfaitement clair qu'il ne voulait rien faire de plus pour elle... Bien sûr, il n'avait pas hésité une seconde à la secourir, mais, s'il avait pu, il l'aurait aussitôt laissée seule dans sa chambre, sans même lui dire son nom, et aurait disparu à jamais...

— Tyson, Tyson ! se répéta-t-elle. Comme ce nom lui va bien !

C'était un bel homme, mais d'une beauté très différente de tous ceux qu'elle avait approchés jusque-là.

Ses traits bien dessinés lui conféraient un air de décision et de force peu communes — sans doute à cause de toutes ces années de guerre au cours desquelles il avait quotidiennement côtoyé la mort.

Et maintenant encore il paraissait prêt à affronter des dangers à chaque instant, comme si toutes les fibres de son corps étaient constamment en alerte !

Il devait être extrêmement fort pour avoir pu assommer sir Neville et son cocher, deux solides gaillards, d'un seul coup de poing à chaque fois !

Tout de même, il fallait reconnaître que le plan de sir Neville ne manquait pas d'habileté : en effet, après l'enlèvement, il aurait été bien délicat d'annuler le mariage !

Heureusement, Tyson l'avait sauvée ! Persée venait de surgir et de pourfendre le monstre !

Comment pourrait-elle oublier le sourire rassurant qu'il lui avait adressé à l'auberge tandis que sir Neville gisait inconscient à ses pieds ?

Il était bien difficile de croire que tant d'événements s'étaient produits, et dans un laps de temps aussi court !

— Andromède a dû être terriblement reconnaissante ! soupira-t-elle en sombrant dans le sommeil.

Lorsqu'elle se réveilla, une très vieille femme à cheveux blancs tirait les rideaux de la fenêtre.

— Je vous ai apporté une tasse de thé, mademoiselle, et une cuvette d'eau chaude pour votre toilette ! dit-elle en s'approchant du lit.

— Merci, répondit la jeune fille en se redressant dans son lit. Mais quelle heure est-il donc ?

— Neuf heures, mademoiselle. Monsieur Tyson n'a pas voulu qu'on vous réveille plus tôt !

— C'est vraiment gentil, j'étais si fatiguée ! reconnut Vania.

Après une si bonne nuit, elle se sentait de nouveau optimiste et ses idées étaient parfaitement claires.

Elle se versa du thé dans une très belle tasse en porcelaine ; il est vrai que la soucoupe était ébréchée et la théière en argent pas parfaitement lustrée.

Pendant ce temps, la vieille dame transportait à grand-peine un broc en laiton, qu'elle posa près de la cuvette.

Ce broc, elle était allée le chercher dans le couloir, par une porte qu'elle avait ouverte avec une clé... Elle était donc nécessairement entrée dans la chambre par une autre porte, communiquant sans doute avec la chambre voisine.

— Votre maître est très bon ! dit-elle, se souvenant que son hôte lui avait cédé sa chambre et avait dû aller dormir ailleurs.

— J' suis si heureuse qu'il soit d' retour ! répliqua Mme Briggs. Y en a tant qui n' reviendront jamais d' cette maudite guerre !

— C'est bien vrai, malheureusement ! reconnut Vania. Mais la paix est enfin revenue et tout le monde peut de nouveau être heureux !

— C'est bien c' qu'on espère tous ! dit Mme Briggs. Et j'peux faire quèque chose d'aut' pour vous, mad'moiselle ?

— Non, je vous remercie !

— Y aura un p'tit déjeuner en bas dans la salle à manger quand vous descendrez ! Mais prenez bien tout l' temps dont vous avez b'soin pour vous préparer !

— Merci infiniment ! répéta Vania.

Et de nouveau, très lentement, la vieille dame traversa la chambre.

« Elle doit être très vieille ! » pensa Vania en la comparant à elle-même.

Puis, se souvenant soudain qu'elle vivait une aventure palpitante, elle sauta de son lit, tout excitée.

« Tout cela aurait bien plu à papa ! » pensa-t-elle en versant de l'eau dans la cuvette.

Son père avait toujours aimé l'aventure ! Il était toujours en quête de nouveaux horizons, s'intéressant à tout ce qui était neuf et inattendu.

C'est pourquoi sans doute il souhaitait pour sa fille une vie plus conventionnelle :

— L'année prochaine, quand tu auras dix-sept ans, lui disait-il, je t'emmènerai à Londres faire tes débuts dans le monde. Je parie tout ce que tu voudras que tu seras élue « la plus jolie débutante de l'année », et que les Casanova de Saint-James, à mon grand déplaisir d'ailleurs, te sacreront l'« Incomparable » !

— Je l'espère bien, papa ! s'écria la jeune fille.

— Tu me causeras sans doute beaucoup de soucis, mais tu seras aussi pour moi un sujet de fierté ! ajouta-t-il.

— Je le souhaite de tout mon cœur, papa ! Je veux que tout le monde puisse voir que tu as réussi ta fille aussi bien que tout le reste !

— Ce sera toujours toi ma plus grande réussite ! répliqua son père en riant. Et on pourra faire encore beaucoup de choses tous les deux, du moins avant ton mariage !

— Je ne pourrai jamais épouser qu'un homme aussi beau, aussi intelligent et aussi séduisant que toi ! Mais je me demande si un tel homme existe vraiment...

— En tout cas, répliqua-t-il en l'embrassant, je te promets que tu ne te marieras jamais contre ton gré ! Ce serait l'enfer sur terre !

C'était bien aussi l'avis de Vania, mais cela ne lui avait pas servi à grand-chose d'en informer son oncle :

— L'amour, c'est bon pour les paysans ! avait-il sèchement répliqué. Si l'on appartient à la bonne société et que l'on a un peu de bon sens, les mariages sont arrangés pour convenir aux deux familles.

— Mais si je déteste l'homme que vous me choisissez ?

— Les femmes doivent apprendre à obéir à leur mari ! Les sentiments ont été inventés par les poètes et les idiots !

... Et quelques mois plus tard, son oncle lui avait présenté l'époux qu'il lui destinait ; comme elle s'y attendait, elle l'avait trouvé odieux dès le premier coup d'œil !

« Heureusement, personne ne sait où je me cache, et oncle Lionel n'aura jamais l'idée de venir me chercher ici ! pensa-t-elle avec soulagement. D'ailleurs, a-t-il vraiment envie de me retrouver ? Et s'il apprend que sir Neville est descendu hier soir à l'auberge, il croira peut-être que j'ai vraiment été enlevée ! De toute façon, cette possibilité ne peut manquer de lui venir à l'esprit... »

Une fois habillée, la jeune fille se hâta de descendre, pressée de prendre son petit déjeuner... et surtout de retrouver Tyson !

Le soleil pénétrait à flots par la porte d'entrée et les carreaux cassés de la vénérable demeure, dont il révélait cruellement le délabrement que la nuit avait dissimulé aux yeux de Vania.

Pourtant, la jeune fille n'en voyait que le pittoresque et la beauté.

— Bonjour, mademoiselle ! dit Hawkins en allant à sa rencontre dans le hall. Installez-vous dans la salle à manger, je vous sers tout de suite votre petit déjeuner !

— Où est... monsieur Tyson ? demanda Vania, ne sachant comment appeler son hôte.

Elle ne lui avait dit que son prénom, et lui, tout naturellement, avait fait de même.

— Mon maître est à l'écurie, mademoiselle, répondit Hawkins. Dès que j'aurai servi votre petit déjeuner, j'irai l'informer que vous êtes descendue.

— Je vous y rejoindrai si vous m'indiquez le chemin ! s'écria-t-elle dans sa hâte de revoir Tyson.

Elle avala son œuf à la coque et faillit se brûler avec son café, puis elle se précipita dans la cour.

L'écurie était dans un état plus lamentable encore que la maison : les mauvaises herbes envahissaient le sol, et un certain nombre de tuiles étaient tombées.

Mais Tyson n'en paraissait nullement affecté, et sifflotait d'un air insouciant tout en brossant Salamanque.

Il dut pourtant entendre les pas de Vania, si légers fussent-ils, car il se retourna avant qu'elle n'eût songé à signaler sa présence.

— Bonjour, Vania ! Vous avez bien dormi ?

La jeune fille se tenait dans l'embrasure de la porte. Le soleil auréolait sa chevelure, et Tyson se plut un instant à l'imaginer descendue tout droit d'une autre planète.

Jamais il n'aurait cru qu'il pût exister une jeune fille aussi menue et aussi élégante : une véritable porcelaine de Dresde !

— Je me suis levée horriblement tard ! dit Vania. Je peux vous aider ?

— Je me demande si votre tenue est tout à fait adaptée à ce genre de travail ! répondit Tyson en riant.

Car elle portait une robe tout à fait séduisante... et qui lui allait à merveille !

A cette époque, les robes étaient encore beaucoup plus raffinées qu'au début du siècle... Certes, elles n'étaient plus transparentes, mais la taille restait haute, et les jeunes femmes en imprégnaient la mousseline afin qu'elle épousât leur silhouette d'une manière qui était presque indécente !

Les jupes, toutes brodées ou ornées de dentelles, soulignaient toujours fortement les hanches, tandis que les ourlets s'envolaient presque à chaque mouvement.

Et celle de Vania avait aussi de très élégantes manches bouffantes ornées de volants de mousseline !

— Vraiment, je n'ai pas peur de me salir ! répondit la jeune fille d'un ton insouciant.

— Je ne me le pardonnerais pas ! rétorqua Tyson. Il ne vous est peut-être pas venu à l'esprit que vous risquez maintenant d'avoir à user vos robes jusqu'à la corde, bien que vous en ayez, semble-t-il, un nombre incroyable.

— Oh ! je n'y avais pas pensé ! concéda Vania en flattant l'encolure de Salamanque. Tu dois bien savoir, lui dit-elle d'une voix douce, que tu es le plus beau cheval au monde, et que Salamanque est exactement le nom qui te convenait !

— C'est celui de la bataille où il s'est distingué ! expliqua Tyson.

— Et vous ? Vous vous êtes distingué aussi ? demanda Vania.

— Bien sûr !

— Et vous avez été décoré ?

— Pour parler franchement, oui ! répondit-il après une légère hésitation.

— Je le savais ! Je le savais ! s'écria Vania. Vous êtes un héros ! Seul un héros pouvait venir à mon secours comme vous l'avez fait !

Tyson cessa de sourire.

— Vania, dit-il brusquement, je crois que plus vite nous nous entretiendrons de votre avenir, mieux cela vaudra !

La jeune fille lui lança un regard pétillant de malice.

— Voilà que vous devenez autoritaire et sentencieux ! dit-elle en lui adressant un sourire moqueur. On jurerait entendre ma maîtresse d'école, qui exigeait toujours un « petit entretien » avec moi chaque fois qu'elle voulait me faire un sermon !

— Je vous promets de ne pas faire comme elle ! répliqua-t-il. Mais je vous assure que votre situation m'inquiète !

— Il fait beaucoup trop beau pour que j'aie envie de me faire du souci aujourd'hui ! Vous m'avez sauvée, je suis libre et heureuse, que demander de plus ?

— Beaucoup de choses ! répliqua Tyson en souriant. C'est pourquoi il faut que nous parlions !

La jeune fille se détourna et posa la joue contre le chanfrein de Salamanque. Décidément, il serait beaucoup plus habile de ne rien lui dire... S'il venait à apprendre qui elle était, et même seulement à quel endroit elle devait se rendre à Londres, il risquait de changer soudain d'attitude et chercherait peut-être à contacter son oncle ou l'homme à qui on devait la marier.

« Il n'a aucune idée de mon identité, pensa-t-elle, mais moi, je sais qui il est ! »

Elle avait tout simplement aperçu, dans sa chambre, au bas d'un portrait qui semblait bien être celui de Tyson, l'inscription : « Sir Thomas Osborne ».

« C'est lui, Thomas Osborne ! avait-elle alors pensé. Avec un peu d'astuce, je peux le pousser à vouloir garder son identité secrète, ce qui me permettra de ne pas révéler la mienne ! »

Tyson vida le seau d'eau qui avait servi à nettoyer Salamanque, posa la brosse sur le rebord de la fenêtre, puis remit son manteau qu'il avait ôté, comme pour retrouver son autorité.

— Venez, Vania, dissipons les nuages entre

nous ! Nous profiterons ensuite bien mieux de la visite du domaine, que nous ferons à cheval.

— Vous voulez dire que nous allons monter Salamanque ensemble ? s'enquit malicieusement la jeune fille. Je suis persuadée qu'il n'aurait aucun mal à nous porter tous les deux en même temps !

— J'ai un autre cheval ! répliqua Tyson.

— Oh ! j'aimerais tant le voir !

Il la conduisit vers une stalle à quelque distance de celle de Salamanque.

— Hawkins l'a acheté pour une bouchée de pain à un fils à papa ! expliqua Tyson. Sous prétexte qu'il possédait déjà dans son domaine de grandes écuries pleines de chevaux, son propriétaire ne voulait même pas se donner la peine de le ramener en Angleterre après qu'il eut pris part à toutes les batailles !

« Il doit adorer les chevaux autant que moi, pensa Vania, pour s'exprimer avec une telle indignation et une telle véhémence ! »

— Mais c'est un très beau cheval, lui aussi ! s'exclama la jeune fille lorsqu'ils pénétrèrent dans la stalle où Hawkins brossait un magnifique cheval gris. Bien sûr, pas aussi beau que Salamanque !

— Tout à fait d'accord ! approuva Tyson. N'empêche que tu as fait une excellente affaire, Hawkins !

— J' savais bien qu' vous seriez d'accord, m'sieur ! Y' avait qu'un autre type sur le coup, mais il avait un peu trop forcé sur la bouteille et il a vite oublié qu'y voulait l' cheval !

— Et tu sais comment il s'appelle ? demanda Tyson en riant.

— Pour sûr, m'sieur, faudrait pas oublier qu' c'est moi qu'ai trouvé son nom !

— Vous voulez dire que vous l'avez rebaptisé ? demanda Vania.

— Exactement, m'selle, approuva Hawkins. C'est Vitoria qu'il s'appelle !

— Encore une bataille ! s'exclama la jeune fille.

— Et un très mauvais souvenir ! enchaîna Tyson.

— On a survécu, m'sieur ! On a survécu tous les deux ! Mais j' m'en souviendrai toujours ! J'ai pas b'soin d'vous dire qu'y avait des moments où j'croyais qu'on était perdu !

Tyson sourit en revoyant dans son souvenir cette colossale armée française de 58 000 hommes, et le roi Joseph qui faisait tout pour s'échapper avec son train d'équipages dans les montagnes dévastées par la guérilla.

Il se souvenait aussi de cette interminable attente des quatre divisions, et du désarroi de tous lorsqu'on avait compris que la septième division était irrémédiablement perdue, ce qui obligeait à reporter l'attaque des ponts.

Enfin, alors que personne n'y croyait plus, tout s'était soudain enclenché : les détonations formidables des canons avaient fait trembler la terre et les mousquets avaient craché leurs éclairs.

Puis, presque à l'insu des combattants eux-mêmes, la bataille de Vitoria avait pris fin : Tyson et Hawkins s'étaient retrouvés bien vivants, sans même une égratignure, au milieu d'un océan de morts.

Si Hawkins et lui ne devaient se souvenir que d'une bataille, ce serait sûrement celle de Vitoria !

La voix de Vania le tira de sa rêverie :

— Un beau nom pour un bien beau cheval ! dit-elle.

« Cette jeune fille n'ignore certainement pas combien cette remarque fait plaisir à Hawkins... » songea Tyson.

— Allons, Vania, dit-il à haute voix, vous pourrez bien attendre cet après-midi pour monter Vitoria ! Je tiens absolument à parler d'abord avec vous, bien que vous fassiez tout pour l'éviter !

— Pas vraiment ! répondit-elle. C'est seulement que l'on pourrait faire tant d'autres choses ! Et puis, les discussions ont toujours le don de m'assommer !

— Assommantes ou pas, elles sont parfois indispensables ! répliqua Tyson avec fermeté.

Là-dessus, il entreprit de regagner la maison, en se retournant pour s'assurer qu'il était suivi.

Comme il l'espérait, Vania essayait de marcher derrière lui dans cette mer de hautes herbes.

— Vous n'avez pas trop de mal ? demanda-t-il.

— Pas du tout ! répliqua-t-elle. Mais vous m'avez dit que je devrais sans doute conserver mes robes très longtemps, alors je fais attention !

— C'est beaucoup plus raisonnable ainsi !

— En tout cas, je vous envie d'avoir une si belle maison !

— Malheureusement, je me demande ce que je vais faire de ma maison autant que de vous !

— Mais je ne suis pas aussi mal en point qu'elle ! répliqua-t-elle d'un ton espiègle.

— Je n'en suis pas si sûr ! rétorqua Tyson, tandis qu'ils poursuivaient leur chemin en direction du perron.

— J'aimerais me promener au bord du lac ! dit soudain Vania. Il avait l'air si beau depuis la fenêtre de la chambre ! J'imagine que de grands cygnes en effleurent majestueusement la surface !

— Autrefois, oui ! Mais comme plus personne ne les nourrit depuis longtemps, ils ont dû partir ! dit-il d'un ton profondément nostalgique qui ne manqua pas de frapper Vania.

— Vous adorez cette maison, n'est-ce pas ? demanda-t-elle.

Un instant Tyson parut ne pas entendre.

— C'est vrai, je l'aime énormément ! répondit-il enfin. Mais je n'ai pas les moyens de l'entretenir ! Je me demande comment je pourrais la garder dans ces conditions !

— Puis-je vous parler... sérieusement ? demanda-t-elle.

Il la considéra presque comme s'il venait de s'apercevoir de sa présence :

— Mais bien entendu !

— Je m'en voudrais de jouer à la pythonisse, mais je suis persuadée que si vous vous attaquez résolument à un problème, quel qu'il soit, vous parviendrez à le résoudre !

— Comment pouvez-vous être aussi affirmative ? s'étonna Tyson.

— Parce que vous êtes de la trempe des vainqueurs ! Hier soir, vous m'avez rappelé mon père, et maintenant je sais que vous lui ressemblez beaucoup ! Papa a toujours obtenu... tout ce qu'il voulait, et vous... ferez... comme lui !

— J'aimerais bien pouvoir vous croire ! répliqua Tyson. Mais, Vania, revenons sur terre, tous les deux, et regardons la réalité en face, si déplaisante et hostile qu'elle puisse être !

— Nous voilà encore revenus à l'école ! riposta Vania en faisant la moue.

Tyson ne put s'empêcher d'éclater de rire. Décidément, la bibliothèque serait sûrement un bien meilleur endroit pour ce genre de conversation !

3

Lorsqu'ils entrèrent dans la bibliothèque, Vania demanda d'un air de sainte nitouche :

— J'ai le droit de m'asseoir ou je dois rester debout, monsieur ?

Tyson sourit : il aurait dû s'y attendre.

— S'il vous plaît, Vania, ne me mettez pas des bâtons dans les roues ! répondit-il avec fermeté. Vous savez bien que tout ceci est dans votre intérêt !

— Autant dire que ça va être terriblement déplaisant !... rétorqua Vania.

Tyson ne répondit pas et attendit que la jeune fille se fût assise sur le canapé.

Elle gardait l'attitude un peu effrontée d'une écolière comparaissant devant son professeur : le dos très droit et les mains à plat sur les genoux.

— Si je vous ai emmenée chez moi, commença-t-il, c'est uniquement parce que, selon vous, c'était le seul moyen de vous sauver d'un mariage odieux.

— Mais c'est vrai !

— Je veux bien vous croire ! Mais vous savez aussi bien que moi que vous ne pouvez pas rester seule ici ! Vous devez vous rendre aussitôt que possible chez un parent ou ami en qui vous pouvez avoir toute confiance.

— Mais je vous ai déjà dit hier que je vous faisais entièrement confiance ! répondit doucement Vania.

— Si vos parents vivaient encore, rétorqua Tyson, ils seraient horrifiés, et avec raison, de vous voir ainsi habiter seule sans chaperon chez un homme rencontré par hasard !

— Oh ! je suis sûre que papa aurait eu confiance en vous ! riposta Vania. Et jamais il ne m'aurait obligée à épouser quelqu'un que je n'aime pas ! C'est ce qu'il me répétait toujours !

— Laissez-moi donc parler à votre oncle ! insista Tyson. Si je lui explique exactement votre situation, je suis certain que je saurai lui faire entendre raison !

— S'il n'y a qu'une seule chose impossible à réaliser sur terre, c'est bien celle-là ! Ce vieux raseur aussi stupide qu'entêté n'admettra jamais qu'on puisse avoir raison contre lui !

— Mais, légalement, c'est toujours lui votre tuteur ! répliqua Tyson, et à ce titre il a droit à toute votre considération ! Vous ne pouvez pas vous permettre de disparaître ainsi sans laisser d'adresse !

— Au contraire, je crois qu'il serait ravi d'être débarrassé de moi !

— Voilà ce que je vous propose, poursuivit Tyson comme s'il n'avait pas entendu cette dernière remarque : avant de dire à votre oncle où vous vous trouvez, j'obtiendrai de lui la promesse qu'il ne vous forcera jamais à vous marier.

— Il n'est pas homme à respecter une telle promesse ! s'écria Vania. Bien sûr que non ! Je le connais trop bien !

— Quoi qu'il en soit, je dois lui parler ! répliqua

Tyson. Je vous demande simplement de me dire son nom et son adresse !

La jeune fille se leva et alla s'accouder à la fenêtre. Là, sans dire un mot, elle se perdit dans la contemplation du lac.

— Je suis heureuse ici ! déclara-t-elle enfin. Et j'ai décidé de vous aider à remettre votre maison en ordre !

Tyson considéra quelque temps le soleil qui nimbait ses cheveux, puis répondit :

— Combien de fois faudra-t-il vous expliquer que même si je désirais vous héberger indéfiniment, cela serait impossible autant pour vous que pour moi !

— Je sais parfaitement pourquoi vous vous imaginez que je ne peux pas rester chez vous ! riposta Vania. Mais si vous avez si peur pour votre réputation, Mme Briggs ou Hawkins pourra très bien me servir de chaperon !

— Je n'ai que faire de ma réputation, et vous le savez bien ! Mais je m'inquiète pour la vôtre !

— C'est le dernier de mes soucis ! répliqua Vania. Vous n'avez vraiment aucune raison de vous tracasser !

— Réfléchissez donc un peu ! commença Tyson.

Mais il s'interrompit et un silence tendu s'installa.

— Vous vous obstinez à ne pas entendre raison ! s'écria-t-il enfin. Une dernière fois, dites-moi le nom de votre oncle et je me charge du reste !

— Je vous assure que je ne ferai jamais cela ! répondit-elle d'une voix très calme. Je m'appelle Vania, et cela vous a bien suffi lorsque vous m'avez sauvée !... A ce moment-là, vous ne m'avez pas réclamé mes papiers ! Vous vous êtes contenté d'agir en héros, ou plutôt comme Persée...

— Vraiment ! répliqua Tyson en souriant. Mais je me souviens très bien de la suite de son histoire ! Après cela, il a été obligé d'épouser Andromède. Moi, je ne vois vraiment pas comment, à l'heure actuelle, je pourrais me transformer en mari présentable !

— Je me demande bien pourquoi ! Je vous épouserais certainement plus volontiers que sir Neville, et beaucoup plus volontiers que...

Au dernier moment, elle se retint de prononcer le nom de celui à qui la destinait son oncle...

Alors Tyson s'assit à son bureau, s'empara d'une feuille de papier et d'un geste rageur trempa une plume d'oie dans l'encrier.

— Cette fois-ci, la comédie a assez duré ! Quel est le nom de votre oncle ? s'écria-t-il du ton sévère dont il usait naguère avec succès auprès de ses soldats les plus indisciplinés...

... Mais cela ne provoqua qu'un éclat de rire de la part de Vania, qui se tenait assise avec désinvolture sur le rebord de la fenêtre !

— Vous voilà redevenu le maître d'école ! dit-elle avec un sourire moqueur. Mais non ! Où avais-je donc la tête ? Vous êtes le commandant en chef, habitué à voir tous les soldats claquer des talons et saluer avant d'exécuter ses moindres caprices ! Comme ce doit être ennuyeux pour vous que je ne sois pas un homme !

Perplexe, Tyson la considéra quelques instants en silence.

— Je ne sais pas quelle éducation vous avez reçue, dit-il enfin, mais de toute façon on a oublié quelque chose : une bonne fessée de temps en temps !

— Voudriez-vous insinuer que vous pourriez m'en donner une ? demanda la jeune fille d'un ton provocant.

— C'est bien possible ! répondit Tyson en se renfrognant de plus en plus.

— Ô mon Dieu ! Mon Dieu ! s'écria-t-elle en joignant les mains. Y aura-t-il quelqu'un pour me sauver cette fois-ci ? Hier soir, c'est vous qui êtes arrivé à temps, mais aujourd'hui je me demande si je dois faire appel à l'esprit chevaleresque du vieux Briggs, ou tenter de détourner Hawkins de son loyalisme patent à votre égard !

— Vous n'êtes vraiment qu'une gamine insupportable ! s'écria Tyson. Je me demande bien ce qui m'a pris de m'embarrasser de vous !

Visiblement, il était tout à fait déconcerté par l'attitude de Vania et ses yeux lançaient de véritables éclairs !

Mais son irritation se dissipa comme par enchantement lorsqu'elle lui adressa un sourire.

Alors, il se cala dans le fauteuil de son père et changea complètement de ton :

— Si vous refusez absolument de penser à vous, essayez au moins de penser à moi ! Pour être tout à fait franc, Vania, je dois vous dire que je n'ai pas les moyens de vous garder.

La jeune fille eut l'air étonné, mais se retint de dire quoi que ce soit.

— Je suis revenu en Angleterre presque sans le sou, poursuivit-il, pour découvrir que ma maison tombe en ruine et que les Briggs, qui ont épuisé leurs économies, y demeurent parce qu'ils sont trop vieux pour trouver une place ailleurs ! Quant à Hawkins, je l'ai déjà congédié, car je ne peux même pas subvenir à ses besoins ! Aujourd'hui, ajouta-t-il d'un ton qui trahissait sa profonde tristesse, je vais fouiller la maison de fond en comble à la recherche d'objets que je pourrais vendre, mais je sais déjà que je ne trouverai rien dont on puisse tirer plus d'une ou deux guinées !

— Et ensuite, que comptez-vous faire ? demanda Vania.

— Je n'en sais fichtre rien ! admit Tyson. Mais en tout cas j'espère bien vous avoir fait comprendre que je ne peux pas nourrir une bouche de plus !

Sans doute aurait-il dû s'exprimer avec un peu plus de ménagements, mais il pensait sincèrement que seule la dure vérité pouvait décider Vania à retourner chez son oncle ou un autre parent.

— Je peux... subvenir à mes besoins ! dit Vania après un lourd silence. Je n'ai pas beaucoup d'argent sur moi, mais j'ai des bijoux de valeur !

A ces mots, Tyson se leva d'un bond.

— Je n'en suis pas encore à accepter de l'argent d'une femme ! dit-il d'un ton glacé.

— Vous êtes bien trop vaniteux et orgueilleux pour cela ! lança Vania. Je ne vous propose pas d'argent, mais seulement de payer ma pension !

— Et moi je réponds catégoriquement : non !

— Et si je refusais de partir ? Me jetteriez-vous dehors en verrouillant la porte sur moi ?

Mais avant même qu'il ait eu le temps de répondre, elle partit d'un grand éclat de rire.

— En tout cas, je pourrai toujours rentrer par une vitre cassée ou par les portes de service qui n'ont plus de serrure !

— Assez de bêtises ! s'écria Tyson. Vous ne pouvez pas rester ici, un point c'est tout ! Et vous savez très bien pourquoi ! De toute façon, je ne crois pas que vous souhaitiez être une charge intolérable pour moi !

— C'est vraiment tout ce que je suis pour vous ?

La question n'était pas dénuée d'une certaine mélancolie.

— C'est ce que vous deviendrez... si vous ne partez pas bientôt !

— Et dans combien de temps, s'il vous plaît ?

— Vania, soyez raisonnable au moins une fois dans votre vie ! supplia Tyson. Dites-moi le nom de votre oncle ou d'un autre parent qui serait disposé à vous héberger !

A nouveau, elle se détourna et regarda par la fenêtre. Pour la première fois, il remarqua à quel point sa petite taille accentuait son côté petite fille, et il se surprit à penser qu'elle aurait bien du mal à s'opposer à un oncle résolu à la marier coûte que coûte pour s'en débarrasser !

D'un autre côté, elle ne pouvait absolument pas se débrouiller toute seule.

Il la rejoignit près de la fenêtre.

— Tout ce que je veux, c'est vous aider, Vania ! dit-il doucement. Je vous en prie, laissez-moi faire !

Il y eut un silence. Puis elle se retourna et le regarda droit dans les yeux.

— Ce n'est pas juste ! dit-elle à voix basse. Je pourrai toujours vous tenir tête tant que vous me donnerez des ordres, mais si vous me prenez par la douceur, ce sera... beaucoup plus... difficile !

Surpris, Tyson capitula, désarmé devant tant de naïveté.

— Le plus raisonnable serait de reprendre demain cette conversation ! Cela vous laissera le temps de réfléchir à une solution !

— Mais... avons-nous vraiment... le droit de faire cela ? demanda-t-elle, un éclair de malice dans les yeux.

— Pour ma part, j'y suis tout disposé — si toutefois vous êtes d'accord...

— Mon avenir ne m'intéresse pas autant que ce que je vis dans le présent ! dit-elle sans réfléchir. En me sauvant, vous m'avez libérée de mon passé !

— Cela ne me paraît pas une manière très responsable de considérer la vie ! répliqua-t-il. Mais je vous ai promis de ne plus aborder ce sujet aujourd'hui !

— Oh ! je vous remercie ! s'écria Vania. Nous avons encore le temps de visiter votre maison avant le déjeuner ! Je veux la connaître de la cave au grenier, c'est une demeure si extraordinaire !

Là-dessus, elle glissa sa main dans celle de Tyson et l'entraîna vers la porte de la bibliothèque.

Devait-il vraiment se laisser flatter de la sorte ?... Quoi qu'il en soit, l'ancien commandant en chef eut le sentiment de capituler une fois de plus.

Sur le chemin du retour, ils ne rompirent que très rarement le silence que berçait le trot des deux chevaux.

En début d'après-midi, Vania s'était montrée pleine d'entrain lorsque, après une légère collation, ils avaient entrepris la visite du domaine — environ cinq cents hectares, dont le père de Tyson cultivait autrefois près de la moitié.

Le reste était loué à deux fermiers, l'un habitant au nord de la propriété, le second à l'ouest.

Ils avaient commencé leur visite par le nord,

où se trouvait la ferme la plus importante, au milieu des champs de blé doré et d'orge duveteux — les plus beaux de tout le comté, disait-on autrefois !

Mais auparavant, ils avaient dû traverser les terres de Tyson, qui étaient la proie des mauvaises herbes et des orties.

Il n'y avait là rien de surprenant : Briggs lui avait appris qu'à la mort de son père, les jeunes employés du domaine avaient tous trouvé du travail chez les propriétaires des alentours, ou bien s'étaient enrôlés dans l'armée... Même les plus anciens avaient fini par trouver un emploi ailleurs, après de longues et difficiles recherches, il est vrai...

Tyson n'avait pas fermé l'œil de la nuit, se demandant sans cesse où était passé l'argent de son père. Ce n'était certes pas une fortune colossale, mais ils avaient toujours été très largement à l'abri du besoin.

Il avait pourtant reçu de temps en temps des lettres des avocats de son père, mais il avait toujours eu du mal à les comprendre car elles n'apportaient aucune information sur ce point.

« J'irai voir Chessington demain, dès que je me serai fait moi-même une idée de l'état du domaine ! » s'était promis Tyson.

Malheureusement, à mesure qu'ils approchaient de la grande ferme du nord, ils avaient pu mesurer l'étendue du désastre : les champs eux aussi à l'abandon, les toits dans un état plus que pitoyable, et les fenêtres clouées de planches.

Un bien sinistre tableau !

— Comme c'est triste ! dit Vania à voix basse.

Mais du point de vue de Tyson, c'était purement et simplement désastreux !

Il éprouva cependant quelque soulagement de découvrir que la petite ferme, pour sa part, était toujours habitée, et par le couple qu'il connaissait avant son départ d'Angleterre.

— J'ons fait c' qu'ons pu, maît'Tyson ! dit le vieux fermier. Mais tout étiont cont'moi ! J'avions eu mes deux fils qu'aviont été tués, et j'pouvions pas payer mes employés, alors j'étions seul à tout faire !

— Et y n'a pas la santé ! renchérit sa femme. Déjà y n'avait jamais été costaud, comme vous d'vez vous rappeler, maît'Tyson !

Tyson ne conservait aucun souvenir de ce genre mais, par gentillesse, il se garda bien de le leur dire.

— J' payons plus d' loyer d' puis longtemps, poursuivit le fermier, à cause que j'avions plus un sou, et que j'soyons obligé d' faire moi-même toutes les réparations !

En effet, il aurait fallu débourser plusieurs centaines de livres pour remettre les toits et les granges en état ! Quant à la maison, ce n'était pas exagéré de dire qu'elle était à peine habitable !

Le fermier et sa femme le fixaient avec tant d'espoir que Tyson n'eut pas le cœur de leur dire que lui aussi était sans le sou !

— Que pouvez-vous faire pour eux ? lui demanda Vania dès qu'ils les eurent quittés.

— Rien du tout ! répondit-il sèchement. Mais je n'ai pas eu le courage de leur dire !

— Je présume, continua-t-elle après un court silence, que vous comptiez sur le loyer de vos deux fermes pour vous aider à remettre votre propre maison en état !

— En tout cas, j'espérais que cela m'aiderait à y rester un peu plus longtemps ! répliqua

Tyson. Mais, vous voyez, je me trompais ! ajouta-t-il avec une telle amertume que Vania détourna son regard.

Lorsqu'ils furent en vue de Revel Royal, dont les toits se dessinaient si harmonieusement sur fond de ciel, Tyson arrêta sa monture.

De loin, la maison, en terrain légèrement surélevé, était si belle ! Elle semblait n'avoir pas changé depuis des siècles, et, à cette distance, jamais on n'aurait pu croire qu'elle tombait en ruine !

« Et dire que je n'y peux rien », pensa Tyson avec colère.

Quant à Vania, elle se taisait, comme si elle comprenait et respectait ce qu'il ressentait. Mais dès qu'ils se remirent en route, elle se lança gaiement sur un sujet tout à fait étranger au domaine, ou même à eux deux, et ils devisèrent ainsi pendant tout le reste du trajet !... Si bien qu'à leur arrivée, il n'y avait plus la moindre trace de tristesse dans le regard de Tyson. Elle avait même réussi à le faire rire !

Ils conduisirent les chevaux à l'écurie, et, comme il n'y avait pas trace d'Hawkins, Vania voulut à toute force s'occuper de Vitoria.

— Quand j'étais petite, c'était toujours moi qui soignais mon poney ! dit-elle en commençant à brosser Vitoria. Et d'ailleurs, quand vous ne voudrez plus de moi... je trouverai peut-être du travail dans une écurie de courses ! Ne me dites pas que je ne suis pas une bonne cavalière !

— Je n'ai jamais dit que je ne voulais pas de vous ! rétorqua Tyson. Ce que j'ai dit, c'est que vous ne pouvez en aucun cas vivre longtemps chez moi, pour un certain nombre d'excellentes raisons que je n'ai pas envie de répéter !

— Vous êtes très précis et même méticuleux dans le choix de vos mots ! remarqua-t-elle en le regardant par-dessus son cheval gris. Cela ne vous va pas mal du tout !

— Que voulez-vous dire ?

— Que personne ne pourrait ignorer longtemps que vous avez été militaire ! répondit-elle. Vous êtes si rigoureux, si consciencieux, je devrais dire si pointilleux !

— Je suppose que, malgré les apparences, vous me faites exactement le contraire d'un compliment ! riposta Tyson. Je vous ai déjà dit que vous n'étiez qu'une gamine impertinente ! On ne sait jamais si vous vous moquez ou si vous êtes sérieuse !

— Si maintenant je vous dis que j'aime beaucoup de choses en vous, je suis très sérieuse ! répliqua Vania. Et si vous êtes bon pour moi, je vous dirai lesquelles un jour !

— Vous êtes exaspérante ! s'écria Tyson. Tout serait bien plus facile si vous étiez un garçon ! Mais venez avec moi, j'espère que Mme Briggs nous a préparé un bon thé !

A cet égard, ils ne furent pas déçus...

Avec émotion, Tyson se souvint du thé qu'il buvait étant enfant : que pouvait-il y avoir de plus délicieux que du pain chaud et croustillant, beurré, à peine sorti du four ?

Et c'était justement ce que la bonne Mme Briggs leur avait préparé.

— Et maintenant, quel est votre programme ? demanda Vania dès qu'ils eurent fini.

— Achever l'inventaire de la maison, répondit Tyson, ce qui me permettra dès demain d'aller voir mon avocat à Canterbury.

— Pourquoi n'y êtes-vous pas allé plus tôt ?

— Je vous ai déjà dit que je ne suis arrivé qu'hier après-midi ! Peu après, je suis allé à l'auberge *Le Chien et le Chat,* ce qui a eu, comme vous le savez, des conséquences désastreuses pour moi...

— Mais qu'est-ce qui vous avait donné l'envie d'aller dans cette auberge ? demanda-t-elle en faisant la moue.

— Pour être tout à fait franc, je crois que je voulais surtout « noyer mon chagrin » après avoir vu Revel Royal dans un tel état ! reconnut Tyson. Mais je n'avais vraiment pas l'intention de me laisser entraîner, pour un verre de vin, dans des événements aussi dramatiques !

— Alors vous... regrettez de ne pas être... resté chez vous ? demanda-t-elle, avec une anxiété non feinte.

— Je mentirais si je me disais heureux d'être allé à cette auberge et surtout de ne pas en être ressorti dix minutes plus tard !

— Mais si vous étiez sorti si vite... avant de surprendre les instructions de sir Neville à ses complices, s'écria-t-elle en joignant les mains, que serais-je... devenue ?

Sa terreur paraissait si sincère que Tyson se hâta de répondre :

— Allons, n'y pensez plus ! J'étais là, c'est tout ! Espérons que sir Neville aura au moins la mâchoire en marmelade et une bonne migraine pendant trois jours !

— Vous ne lui avez pas fait de cadeau ! Cela ne m'étonnerait pas qu'il ait perdu au moins la moitié de ses dents !

— Si seulement c'était vrai ! approuva Tyson. Ça lui apprendrait au moins à parler moins fort de ses projets la prochaine fois qu'il voudra enlever une charmante demoiselle !

— Et s'il essayait... de me... retrouver ? demanda Vania à voix basse.

— Cela m'étonnerait beaucoup qu'il vienne vous chercher dans ce village ! répondit Tyson. A mon avis, il ne commencera ses recherches que beaucoup plus loin !

— En effet, c'est très probable ! reconnut Vania. En tout cas, il vaut mieux... que personne ne me voie... ces jours-ci... au cas où il... interrogerait les gens !

Tyson lui lança un regard aigu : peut-être cherchait-elle à obtenir qu'il la cache plus longtemps qu'il n'en avait l'intention ? Mais tout son visage, et surtout ses yeux, d'une candeur juvénile, exprimaient une authentique terreur.

« Que diable vais-je faire de cette gamine ? » se demanda-t-il, sachant qu'il ne trouverait pas de réponse de sitôt.

L'entretien qu'il eut le lendemain avec Me Chessington, l'associé principal du cabinet Chessington, Latham et Oldurn, n'était guère de nature à lui remonter le moral.

Certes, on ne l'avait fait attendre que quelques minutes avant de l'introduire dans le bureau comme si on le faisait entrer dans un sanctuaire.

Il s'y était déjà rendu à plusieurs reprises avec son père, même si, à l'époque, c'était Me Chessington qui se déplaçait le plus souvent à Revel Royal.

C'était toujours le même petit homme sec et grisonnant, profondément ridé... Il n'avait guère changé depuis le départ de Tyson, treize ans plus tôt !

— Ce cher major Dale ! s'écria-t-il dès qu'il vit Tyson entrer dans son bureau. Comme je suis heureux de vous revoir ! Je savais que vous ne tarderiez pas à revenir ici maintenant que la guerre est finie !

Tyson acquiesça d'un signe de tête et s'assit en face de l'avocat.

— La situation financière que j'ai trouvée à mon retour est on ne peut plus mauvaise ! dit-il sans ambages.

— Je craignais bien que vous ne soyez bouleversé de cet état de choses à votre retour ! Mais je puis vous assurer que j'ai fait tout ce qui était en mon pouvoir pour retrouver la preuve du mariage de vos parents !

— Ce n'est pas la seule chose qui m'inquiète ! Je me demande aussi où est passé l'argent de mon père !

— C'est un mystère total, qui semble impossible à élucider ! répondit Me Chessington.

— Dites-moi tout ce que vous savez ! Je n'ai aucune information à ce sujet !

— Mais je vous ai expliqué tout cela par lettre ! s'exclama l'avocat.

— Dans ce cas, je ne les ai pas toutes reçues, ce qui n'a rien d'étonnant. Nous bivouaquions sans cesse d'un endroit à l'autre, et le courrier avait beaucoup de mal à nous suivre, quand il ne se perdait pas purement et simplement.

— Vraiment ? je suis désolé !

— Que s'est-il donc passé ? interrompit Tyson très calme.

— Comme vous le savez, votre père se fiait beaucoup à ses intuitions, surtout quand il s'agissait de ses finances, commença Me Chessington.

— C'est vrai ! reconnut Tyson.

Il se souvenait effectivement que son père

devait la plus grande partie de sa fortune à ses fameuses « prémonitions »...

— Trois mois environ avant sa mort, poursuivit l'avocat, votre père eut l'intuition que sa banque de Canterbury fermerait ses portes.

— Pas possible ! s'exclama Tyson.

— C'est pourtant la vérité ! Il est venu me voir ici le jour même où il venait de retirer tout son avoir de cette banque !

— Autant dire toute sa fortune ! dit Tyson.

— Jusqu'au dernier sou ! Et il m'a même conseillé d'en faire autant ! « Chessington, m'a-t-il dit, j'ai le pressentiment que cette banque est au bord de la faillite ! »

— Et c'était vrai ? demanda Tyson.

— Un mois plus tard, les journaux annonçaient qu'elle ne pouvait plus faire face à ses engagements ! Je n'en croyais pas mes yeux !

— Ainsi, mon père avait raison !

— A cent pour cent !

— Mais qu'a-t-il fait de son argent ?

— C'est bien là que le bât blesse : il ne me l'a pas dit !

Perplexes, ils gardèrent le silence pendant quelques instants.

— Vous êtes bien sûr, demanda enfin Tyson, qu'il n'a absolument rien dit qui aurait pu vous mettre sur la piste ?

L'avocat secoua la tête.

— Je me suis répété mentalement cette conversation un nombre incalculable de fois ! répondit-il en pesant ses mots. Et je n'ai jamais trouvé le moindre indice ! Il faut reconnaître que sur le moment j'aurais dû lui poser la question, mais j'étais tellement abasourdi que je n'y ai pas pensé un seul instant !

— Donc, l'argent s'est volatilisé, tout comme les preuves du mariage de mes parents ! dit sèchement Tyson.

— Je me suis rendu dans toutes les églises des environs ! protesta l'avocat.

— Ils ne se sont pas forcément mariés dans la région ! fit remarquer Tyson. On a été sans nouvelles d'eux pendant plusieurs années avant leur retour à Revel Royal !

— J'ai toujours cru qu'ils étaient à l'étranger, dit Me Chessington, mais bien sûr je peux me tromper !

— Non, vous avez raison ! dit Tyson. Ils se sont peut-être mariés ailleurs qu'ici !

— Évidemment, jusqu'à présent nous ne pouvions pas effectuer de recherches en France, mais maintenant que la guerre est finie, ce sera possible !

Tyson ne répondit pas. Instinctivement, il sentait que son père n'aurait jamais voulu, ni même pu commettre le sacrilège de s'unir à sa mère sans la bénédiction de l'Église.

Il l'aimait beaucoup trop pour cela ! De plus, c'était une fille de pasteur.

Oui, il l'avait certainement épousée à la première occasion !

— Est-il pensable que les églises de la région aient accepté de les unir sans le consentement du père de ma mère ? demanda enfin Tyson.

— A cette époque, répliqua l'avocat, les règlements étaient beaucoup moins stricts que de nos jours ! La loi sur le mariage n'était pas encore appliquée et de nombreux pasteurs, comme celui de Mayfair, célébraient les mariages sans même tenir de registre !

— Vous avez raison ! reconnut Tyson. Moi-même j'y ai pensé en apprenant par une de vos lettres que vous ne trouviez aucune trace de cet acte...

— Mon cher garçon, connaissant votre père comme je le connais, dit Me Chessington avec une chaleur inattendue, j'ai l'absolue conviction que vos parents se sont mariés devant Dieu, mais vous savez comme moi qu'aux yeux de la loi des hommes il faut des preuves matérielles !

— Je suis bien placé pour le savoir, s'exclama Tyson, depuis que mon oncle s'est mis dans la tête de s'emparer d'un titre et des domaines auxquels il n'a absolument pas droit !

Il s'était exprimé avec une violence inattendue, n'ayant jamais aimé son oncle. Mais surtout, il savait avec quelle impatience et quelle avidité George Dale cherchait par tous les moyens à s'installer dans une condition à laquelle sa naissance ne lui donnait aucun droit !

S'il avait eu la moindre décence, il aurait au moins attendu que Tyson fût de retour en Angleterre pour pouvoir défendre ses droits !

— Maintenant que vous êtes rentré chez vous, major, dit Me Chessington d'une voix calme, je suis sûr que vous allez continuer les recherches, autant pour redonner à votre mère son nom d'épouse que pour prouver que vous êtes l'héritier légitime de vos parents !

— C'est bien ce que j'ai décidé de faire, en effet ! s'exclama Tyson. Mais je me demande comment je vais subsister en attendant.

— Je comprends ! assura l'avocat. J'ai contacté toutes les banques du comté, mais aucune n'a reconnu avoir eu votre père comme client... J'ai aussi fait fouiller Revel Royal de fond en comble par deux de mes employés les plus expérimentés, mais le plus extraordinaire, c'est qu'ils n'ont trouvé nulle part le moindre papier important, pas même dans le bureau de votre père !

— Vous pensez qu'il a pu les cacher ? demanda Tyson.

— Je suppose qu'il les a cachés au même endroit que son argent ! répondit Me Chessington.

— Et vous avez une idée de la somme ?

— Considérable ! C'était un habile gestionnaire... Pendant des années, j'ai eu connaissance de bon nombre de ses investissements et ils se sont toujours révélés des plus judicieux ! Ses fameuses « intuitions » n'ont jamais été prises en défaut !

— De toute façon, s'il n'avait pas eu tant d'intuition, il aurait laissé tout son argent à la banque de Canterbury, et je serais exactement dans la même situation que maintenant, remarqua Tyson.

— Vous prenez les choses avec philosophie ! Mais cela ne va pas résoudre vos problèmes !

— C'est vrai ! admit Tyson. Mais je ne peux rien faire d'autre qu'entreprendre moi aussi des recherches et prier le Ciel pour qu'elles soient plus fructueuses que les vôtres !

— C'est mon vœu le plus cher ! dit l'avocat. Je vous connais depuis votre enfance et j'ai toujours suivi votre carrière avec le plus grand intérêt ! Quand j'ai appris que vous aviez été décoré après la bataille de Salamanque, j'ai été aussi heureux que si vous aviez été mon propre fils !

— Je vous en remercie, dit posément Tyson, ainsi que de tout ce que vous avez fait pour moi ! Mais j'ai le regret de vous dire que pour l'instant je n'ai aucun moyen de régler vos honoraires.

— Je ne veux pas vous aider pour de l'argent ! répliqua M° Chessington d'un air embarrassé. J'aimais beaucoup votre père, et je serais heureux de voir Revel Royal en aussi bon état que de son vivant !

— C'est un de mes vœux les plus chers ! dit Tyson. Mais avant tout je veux prouver que ma mère n'était pas une créature méprisable, contrairement à ce que suggère mon oncle, lequel prétend que je suis un fils naturel ! ajouta-t-il sans élever la voix.

Mais la rage dont elle vibrait n'en était que plus violente.

— Je vous promets, lui assura l'avocat lorsqu'il le quitta, que je ferai toujours tout mon possible pour vous aider !

De retour à Revel Royal, réconforté par ces paroles, Tyson se sentait une détermination et une force inébranlables, qu'il n'avait jamais éprouvées — il s'en fallait de beaucoup — depuis son retour en Angleterre.

Oui, il se battrait jusqu'à la victoire finale ! Comment pourrait-il jamais permettre à son oncle de remporter un si injuste triomphe ?... D'autant plus que les manœuvres de cet homme vil étaient lâches au-delà de toute expression !

Même s'ils faisaient peu de cas de la vie mondaine, il aurait été impensable pour son père et sa mère de « vivre dans le péché », comme on dit, sans pouvoir donner de nom à leur fils unique !

Quiconque les avait connus aurait pu jurer que cela était incompatible avec leur caractère, et allait à l'encontre de toutes leurs tendances naturelles et de toutes leurs aspirations.

Tyson n'oublierait jamais qu'il avait appris ses prières sur les genoux de sa mère, et qu'elle fréquentait l'église tous les dimanches, emmenant son fils avec elle dès qu'il en eut l'âge !

Toutes les grandes fêtes chrétiennes — Noël, Pâques, Pentecôte — avaient toujours vu son père et sa mère communier dans la petite église de pierre grise de leur village.

Dès lors, comment penser un seul instant qu'ils auraient pu s'agenouiller devant l'autel en tant que mari et femme sans en avoir le droit aux yeux du Seigneur ?

« Je retrouverai la preuve de leur mariage, se promit Tyson, dussé-je y consacrer ma vie entière ! »

Et en arrivant devant Revel Royal, il avait pris la décision irrévocable de faire désormais de sa vie une croisade personnelle, après avoir déjà consacré tant d'années à une autre noble cause : la lutte contre le tyran qui plongeait l'Europe dans un bain de sang.

Il mena Salamanque à l'écurie et s'assura qu'il avait suffisamment à manger et à boire. Puis il se dirigea vers la maison.

Soudain, sans savoir vraiment pourquoi, il se sentit heureux à l'idée que Vania l'attendait, impatiente d'apprendre ce qu'avait dit l'avocat... Bien sûr, les nouvelles étaient mauvaises, mais il était si réconfortant de pouvoir les partager !

Déjà ragaillardi à cette seule pensée, il grimpa quatre à quatre les marches du perron.

Mais quand il entra dans la maison, il s'arrêta net, stupéfait : le hall était parfaitement propre et un grand bouquet de fleurs se trouvait au bas des escaliers, exactement là où sa mère les plaçait toujours !

— C'est vous qui avez fait cela ? demanda Tyson.

— Oui, et pour vous ! Et sans qu'on me donne la moindre indication, j'ai trouvé le service de porcelaine dans le placard et je l'ai nettoyé... J'espère que vous remarquez la différence !

— Et comment ! Quand je pense que je me demandais ce qui manquait ! Je me disais seulement que le hall paraissait plutôt vide et lugubre sans cette vaisselle.

— Voilà bien les hommes ! s'exclama Vania.

Puis, se souvenant soudain pourquoi il était allé à Canterbury, elle demanda :

— Vous avez appris quelque chose ?

— Rien de bien constructif, j'en ai peur !

— Mais qu'est-ce que Me Chessington vous a dit exactement ?

— Seulement que mon père avait retiré toute sa fortune de sa banque, parce qu'il avait le pressentiment qu'elle allait faire faillite, ce qui s'est révélé exact ! Mais il n'y a aucun indice permettant de savoir ce qu'il a pu en faire.

— C'est vraiment extraordinaire ! s'écria Vania en ouvrant de grands yeux. Vous dites qu'il savait instinctivement que la banque n'avait pas de bonnes garanties ?

— Mon père avait presque le don de voyance pour ce genre de choses !

— Dans ce cas, il y a de grandes chances pour que vous l'ayez aussi ! s'exclama Vania.

— Vous croyez que de tels dons sont héréditaires ? demanda Tyson, stupéfait.

— Et pourquoi pas ? Si votre père a eu l'intuition de retirer son argent avant qu'il ne soit perdu, vous devriez pouvoir deviner où il l'a caché !

— Ça serait trop beau ! répliqua Tyson en

souriant, mais je me suis déjà creusé la cervelle sans le moindre résultat ! Et de son côté, mon avocat a interrogé en vain toutes les banques de la région !

— Si l'argent n'est pas dans une banque, où peut-il bien se trouver ?

— Ici même, dans cette maison ! répliqua Tyson. Et pourtant Me Chessington l'a fait fouiller de fond en comble.

— Par des gens qui ne la connaissaient même pas ! interrompit la jeune fille. Comment voulez-vous qu'ils aient trouvé quoi que ce soit ! Votre père a sûrement imaginé une cachette très secrète ! Il n'y a que vous qui puissiez la découvrir !

— C'est facile à dire ! rétorqua Tyson. Mais très franchement, je ne vois pas du tout par où commencer les recherches...

— Prenez donc le temps de réfléchir un peu ! Je suis sûre que vous allez trouver ! insista Vania. Oh ! j'oubliais ! s'écria-t-elle après un court silence, vous devez être mort de faim et de fatigue après un si long voyage ! Hawkins est allé nous préparer du thé ; je lui ai dit de nous l'apporter dans la petite pièce où votre mère, j'en suis sûre, prenait le sien, et sans doute aussi son petit déjeuner, car elle est exposée au sud...

— Comment avez-vous pu deviner cela ?

— Moi aussi, j'ai de l'intuition ! répliqua la jeune fille d'un ton désinvolte, surtout quand il s'agit de cette merveilleuse maison ! J'ai déjà découvert un premier trésor : toutes ces pièces en porcelaine... A quand le deuxième ?

— Tous mes vœux vous accompagnent ! dit Tyson en toute sincérité.

Mais la jeune fille paraissait réfléchir :

— Évidemment... cela prendra peut-être beaucoup de temps !

— Ah ! je vois où vous voulez en venir ! s'écria Tyson. Je peux difficilement vous demander de partir, puisque vous essayez, par votre intuition, de découvrir où est caché l'argent de mon père !

— Parfaitement ! riposta Vania. Si je pars maintenant, vous vous demanderez toujours si votre cruauté ne vous a pas coûté votre fortune !

— Je n'ai jamais entendu de raisonnement aussi illogique et ridicule ! déclara Tyson.

Mais en même temps, tandis qu'ils pénétraient dans le petit salon où Hawkins servait le thé, il arborait un large sourire qui semblait démentir ses paroles.

— Je vois que tu as fait beaucoup de travail, Hawkins ! dit-il. Et les résultats dépassent toutes mes espérances !

» En voilà encore un avec qui je vais être obligé bientôt de parler sérieusement ! ajouta-t-il dès que le serviteur, ravi du compliment, se fut retiré. Et j'ai le sentiment qu'il sera aussi réticent que vous ! Bien sûr, je peux toujours me tromper, mais...

— Vous avez raison, il n'a pas plus que moi l'intention de partir ! interrompit Vania. Nous en avons discuté cet après-midi, et nous pensons que nous avons le devoir de tout remettre parfaitement en ordre ! Nous sommes tombés entièrement d'accord là-dessus !

— Ainsi, vous avez tout décidé en mon absence ! s'exclama Tyson. Le fait que ce soit moi le propriétaire n'est sans doute pour vous qu'une bagatelle sans importance !

— Hawkins et moi, nous voulons servir vos intérêts et ceux de Revel Royal ! riposta Vania d'un ton protecteur. C'est l'endroit le plus charmant et le plus merveilleux que j'aie jamais vu ! Je tiens absolument, tout comme votre serviteur, à le voir propre et tout à fait en ordre ! Après, nous aurons toujours le temps de nous inquiéter pour la suite !

— Vous me menez vraiment par le bout du nez, il n'y a pas d'autre expression ! maugréa Tyson. Franchement, je n'aime pas cela du tout ! Je n'ai jamais eu de comptes à rendre à personne, et, de plus, c'est toujours moi qui ai pris la tête des opérations !

— Cela saute aux yeux ! s'écria Vania. Mais il est bien fini le temps où vous aviez toujours quelques régiments sous la main pour les bombarder d'ordres ! Maintenant, il ne vous reste plus que les Briggs, Hawkins et moi ! Quelle catastrophe si vous perdiez soudain la moitié de vos forces ! Cela pourrait se terminer en déroute complète !

— Je ne me laisserai pas entraîner dans un duel verbal ! répliqua Tyson.

— Trop fier ? le taquina Vania.

— Trop prudent, surtout ! Mais ça me fait plaisir que vous éprouviez autant d'amour que moi pour ma maison !

— Et je suis sûre qu'elle vous le rend bien ! Elle vous indiquera sûrement le moyen de découvrir les trésors qu'elle recèle !

— Comment pouvez-vous affirmer qu'elle cache quelque chose ? demanda Tyson.

— Vous manquez vraiment de foi et d'espoir ! rétorqua vivement Vania. Mais puisque vous avez l'air déprimé, vous devriez prendre une tranche de ce délicieux gâteau au chocolat que Mme Briggs a spécialement confectionné pour vous ! Selon elle, c'était votre gourmandise favorite ! Elle vous en faisait toujours quand vous étiez puni, et cela vous remontait le moral comme par enchantement !

— Juste ciel, j'avais oublié cela ! Lorsqu'on me mettait au lit sans souper, à cause de quelque horrible méfait, Mme Briggs ne tardait jamais à monter les escaliers à pas de loup pour m'apporter une énorme part de gâteau dans ma chambre ! « Mangez vite, maît' Tyson ! disait-elle. Et surtout n'faites pas d' miettes, sinon on s'rait vite repérés et ça irait mal pour tous les deux ! »

— Elle est merveilleuse, cette vieille femme ! Elle ne cesse de me raconter ce que vous faisiez quand vous étiez petit, et de me répéter qu'il n'y avait pas mère plus aimante et plus douce que la vôtre ! D'après elle, tout le monde l'adorait, et quand elle est morte, les villageois ont pleuré toutes les larmes de leur corps !

La jeune fille avait parlé d'une voix très douce, et pendant quelques secondes Tyson eut la gorge trop serrée pour pouvoir répondre.

Depuis son retour, il évitait de parler de sa mère, de peur d'avoir à entendre le récit de sa mort : il souffrait trop à l'idée qu'il n'avait pu être alors à ses côtés.

De plus, il voulait absolument cacher à Vania que le nom de sa mère avait été calomnié !

Il lui était si facile de deviner ce que Me Chessington n'avait pas voulu lui dire ! Par exemple, dès la mort de son père, son oncle avait dû exiger qu'on lui fournît des preuves du mariage des parents de Tyson.

Il était bien probable que, depuis leur fuite, l'oncle George devait se demander s'ils avaient réellement pu se marier, puisque la mère de Tyson, trop jeune, ne pouvait théoriquement se passer du consentement de ses parents... Sans doute les avait-il toujours soupçonnés de se faire indûment passer pour mari et femme.

C'est exactement le genre d'idée sournoise qui germait d'ordinaire dans l'esprit de son oncle, et à la mort de son père, il n'avait pas raté cette belle occasion de proclamer bien haut cette thèse à laquelle personne n'accordait le moindre crédit, mais qu'on ne pouvait, hélas! réfuter faute de preuves...

Et lorsqu'il fut évident qu'on ne trouverait aucune trace écrite du mariage, il n'avait eu qu'à se décerner le titre d'héritier présomptif de la baronnie, devenant ainsi le sixième lord Wellingdale, rang qui revenait à Tyson par droit de naissance.

Mais, plutôt que le rétablissement de sa position sociale, Tyson désirait bien davantage apporter la preuve que sa mère était sans tache, comme il en avait la plus profonde conviction.

Et si Vania avait raison?... Quelque part dans cette maison délabrée il y avait peut-être des documents qui pourraient confondre son oncle et le forcer à faire des excuses publiques!... Des excuses qui tinteraient aux oreilles de Tyson comme un péan de triomphe.

« Je dois trouver la cachette de mon père! pensa-t-il. Il le faut absolument! »

Il eut presque l'impression d'avoir hurlé, alors qu'il n'avait rien dit à voix haute!

Mais Vania l'observait avec calme:

— Vous gagnerez! dit-elle d'une voix posée, comme si elle avait lu dans ses pensées. Bien sûr que vous gagnerez! Persée ne peut pas perdre!

4

Vania n'avait pas encore achevé de boutonner son chemisier qu'elle dévalait déjà les escaliers.

Mme Briggs l'avait appelée depuis longtemps, mais elle s'était rendormie... Rien de bien étonnant à cela car ils avaient travaillé très tard la veille au soir.

Ils s'étaient concentrés d'abord sur la bibliothèque, qui leur paraissait la cachette la plus vraisemblable.

— Si je devais cacher quelque chose dans cette maison, avait dit Tyson, je le mettrais derrière les livres ! Mais il y a peut-être encore ailleurs des placards dont j'ai oublié l'existence, comme celui du salon.

— Nous ne devrions pas hésiter à sortir tous les livres un par un pour voir s'il n'y a rien derrière ! suggéra Vania.

Avant de se mettre au travail, Tyson avait tenu à ce que la jeune fille empruntât un tablier à Mme Briggs.

— Vous vous faites encore du tracas pour ma robe ! avait dit Vania en riant.

— C'est qu'elle est vraiment très élégante ! Je serais désolé que vous l'abîmiez par ma faute !

La jeune fille faillit lui demander s'il la trouvait belle, elle aussi... Mais, trop timide, elle se ravisa.

« Tout de même, songea-t-elle avec un peu d'humeur, ce ne devrait pas être au-dessus de ses forces de me faire un compliment de temps en temps ! »

Évidemment, n'importe quel autre homme, même le détestable sir Neville, passerait le plus clair de son temps à lui faire des compliments qui la feraient rougir !

Mais Tyson se contentait de la considérer de ses yeux gris, sans qu'il fût possible de savoir s'ils étaient admiratifs ou critiques !

« Quelle égoïste je fais, tout de même ! se dit-elle. Comment pourrait-il remarquer une simple femme, même très jolie, avec tous les ennuis qu'il a ! »

Toutefois, avant de descendre dîner, de bonne heure parce que Mme Briggs était fatiguée le soir, elle se donna beaucoup de mal pour soigner sa toilette.

Sa tante avait choisi cette robe, extrêmement élégante, à seule fin d'éblouir l'homme à qui elle destinait sa nièce, et à impressionner les invités lors des réceptions qu'elle comptait donner en leur honneur à Londres après l'annonce des fiançailles...

Rien d'étonnant à ce que Vania eût décrété qu'elle détestait toutes les robes achetées par sa tante dans ce but !

Mais ce soir-là, il en alla tout autrement quand elle ouvrit la garde-robe de sa chambre ! Elle n'eut pas une seconde d'hésitation en choisissant la robe qui allait la transformer en princesse de conte de fées !

Tout de même, en descendant les escaliers, la

jeune fille se demandait si elle n'avait pas un peu exagéré ses effets de toilette.

D'ailleurs, pour qui gardait-elle toutes ces robes ?... Une fois que Tyson l'aurait renvoyée, elle irait sans doute dans un endroit où personne ne serait capable de les admirer.

Heureusement, l'excitation de leur « chasse au trésor » balaya très vite ces idées noires.

C'était une chasse sans conteste très salissante : la poussière faisait disparaître les livres sous un si épais manteau qu'elle ne tarda pas à maculer les mains, les vêtements et le visage des deux chasseurs.

Tyson tenait à fouiller systématiquement toute la bibliothèque, rayon après rayon ! Ils regardèrent derrière chaque livre et auscultèrent même les parois pour le cas où une charnière permettrait à l'ensemble des rayons de pivoter !

Après trois heures de vaines recherches, ils n'avaient pas encore jeté un seul coup d'œil à l'intérieur des livres !

— On n'a pensé qu'au trésor ! remarqua soudain Vania. Et pourtant je suis sûre qu'il y a des livres de grande valeur !

— Très bonne idée ! reconnut Tyson. Je pourrais faire venir un expert de Londres, mais vous devez bien vous douter que cela engagerait des dépenses.

En guise de réponse, Vania mit deux fois plus d'ardeur à enlever les livres des étagères, sans autre résultat que de soulever des nuages de poussière.

Lorsque enfin ils se décidèrent à quitter la bibliothèque, une bougie à la main, ils partirent d'un énorme éclat de rire en se voyant mutuellement dans un tel état.

— Je suis très heureux que vous dormiez ici ! dit Tyson quand ils s'arrêtèrent devant la chambre de sa mère. Et j'espère bien qu'à présent vous vous sentez en sécurité !

— J'ai le sentiment... que votre mère... me protège ! murmura Vania, craignant tout de même qu'il ne trouvât cette remarque un peu présomptueuse.

Mais Tyson répondit avec le plus grand sérieux :

— C'est certain ! Ma mère aidait tous ceux qui avaient des difficultés !

— Alors je suis sûre qu'elle voudra vous aider, vous aussi ! dit vivement la jeune fille. Bonne nuit, Tyson !

— Bonne nuit à vous aussi, Vania ! répondit-il en entrant dans la « suite du Maître », juste à côté de la chambre de sa mère.

Pendant un moment, la jeune fille l'écouta aller et venir, puis, avec un soupir — elle était très fatiguée... —, elle entreprit de se déshabiller.

Et maintenant, tandis qu'elle faisait irruption dans le petit salon, Tyson se levait déjà de table : comme elle le craignait, il avait fini son petit déjeuner.

— Je suis désolée d'être si en retard ! dit-elle, quelque peu essoufflée. Je ne me suis pas réveillée ! Et vous savez, j'ai fait un rêve extraordinaire !

— Je vous prie de m'excuser, l'interrompit Tyson. Je vais dire à Briggs que vous êtes descendue : il est allé faire réchauffer votre petit déjeuner.

En attendant, la jeune fille prit une tranche de pain grillé qu'elle tartina avec le beau beurre doré de Jersey que Hawkins avait acheté à un fermier des environs.

Mais il serait plus agréable le jour où Tyson pourrait consommer le beurre d'une de ses fermes, tout en regardant paître son propre bétail le long de la rivière qui serpentait paresseusement à travers son domaine !

— Votre déjeuner arrive ! annonça Tyson en revenant. Mais je vois que vous avez mis votre tenue de cheval !

— Hier soir, vous avez dit que vous désiriez commencer la journée par une promenade !

— En effet, je pense que ce serait une bonne idée de prendre de l'exercice au grand air avant de nous lancer de nouveau dans nos recherches !

Puis, la considérant avec amusement :

— Je vous suis reconnaissant de vous être lavé le visage ! Hier soir, nous avions l'air d'une paire de ramoneurs plutôt pitoyables !

— C'est exactement ce que j'ai pensé en me regardant dans le miroir ! répliqua Vania, à ceci près que je n'étais pas toute noire, mais toute grise !

— Cela me rappelle, remarqua Tyson, que je devrais sans doute faire venir un ramoneur avant d'essayer d'allumer du feu dans nos chambres ! Il doit y avoir des nids d'étourneaux dans toutes les cheminées, depuis tant d'années qu'elles ne servent plus, et nous nous ferions enfumer !

— Quel sens pratique ! s'exclama Vania. Je n'aurais jamais pensé à cela !

— Vous ne devez pas avoir eu souvent besoin de vous tracasser pour des choses aussi triviales ! répliqua sèchement Tyson.

Là-dessus, le vieux Briggs entra avec les œufs au jambon de Vania que Mme Briggs avait recouverts d'un plat renversé pour les maintenir au chaud.

— Merci mille fois ! dit-elle. Je suis désolée de vous importuner de la sorte, ajouta-t-elle presque sans y penser, mais chez moi on servait toujours le petit déjeuner sur une mèche allumée, pour qu'il reste bien chaud même quand j'étais en retard !

Puis elle se mit à manger de bon appétit.

Quelques instants plus tard, elle se rendit compte que le vieux Briggs était resté à côté d'elle, et avait porté la main à son front.

— Bon sang, je m'rappelle maintenant ! dit-il enfin. Vous allez dire, maît' Tyson, qu' ma tête elle est comme une passoire, et c'est la vérité !

Tyson le considéra avec surprise.

— Mais que voulez-vous dire ?

— J'avions complètement oublié l'argenterie ! Pour sûr que je l'avions oubliée ! J' l'avions rangée où c'que j' pensais qu'elle seront en sécurité quand l'Maître est mort, et j'avions tant pris l'habitude d' m'en passer qu' j'y avions jamais r'pensé jusqu'à c't'heure !

— L'argenterie ? s'étonna Tyson. Je suppose que j'aurais dû remarquer qu'il en manquait pas mal ! Mais au fait, que sont devenus le candélabre et le service d'entrées en argent que nous avions autrefois ?

— C'est just'ment c' que j'vous disais, maît' Tyson ! répliqua Briggs. Y sont dans la cave ! J'ai tout verrouillé où c' que j'savais qu'les cambrioleurs n' trouv'raient jamais !

Le regard de Vania s'éclaira. Elle leva les yeux cherchant ceux de Tyson.

— Ils ne sont pas dans la cave, dit-il sans hausser le ton pour ne pas vexer Briggs ; j'ai regardé hier !

Mais Briggs se retourna :

— C'est dans la nouvelle cave qu'il fallait r'garder, maît' Tyson !

— La nouvelle cave ? s'étonna Tyson.

— Peu d'temps après vot' départ pour la guerre, le maît' il est v'nu m'voir, et y m'a dit : « On va avoir de plus en plus d'mal à trouver du bon vin tant que nous nous battrons contre les Français ! On va en faire une bonne provision pour maît' Tyson : quand y r'viendra, y s'ra tout heureux de boire à la gloire de l'armée anglaise et à sa victoire contre Napoléon ! »

— Une bonne provision ! répéta Tyson dans un souffle.

— Ça a été rud'ment difficile d' l'aménager ! continua Briggs. Mais v'nez, maît' Tyson ! J'vas vous la montrer ! J'ai caché la clé dans l' garde-manger !

Sur ce, le vieil homme sortit d'un pas traînant.

Vania se leva d'un bond pour le suivre, non sans avoir avalé au préalable une dernière — et énorme — bouchée de jambon.

— C'est un trésor ! s'écria-t-elle dès qu'elle le put. Et votre père se servait peut-être aussi de cette cave en guise de cachette !

Tyson ne répondit pas, mais il était évidemment aussi excité qu'elle tandis qu'ils suivaient Briggs le long du couloir.

Et ils durent faire appel à toute leur patience lorsque, avec une lenteur désespérante, le vieux serviteur fouilla l'un après l'autre tous les tiroirs du garde-manger.

Heureusement, au fond de l'un d'entre eux, il finit par trouver une énorme clé... Alors, le vieux majordome toujours en tête, ils longèrent le long couloir dallé qui menait à un escalier de pierre.

Leur patience fut encore mise à rude épreuve le temps de trouver une bougie et de quoi l'allumer... Puis, Vania se cramponnant au bras de Tyson pour ne pas glisser sur les marches étroites, ils s'enfoncèrent dans ce qui faisait penser au ventre de la Terre.

La cave était basse et glaciale... Comme l'avait dit Tyson, il n'y avait qu'une ou deux étagères vides et à moitié pourries, ainsi qu'une douzaine de grandes barriques en bois qui autrefois contenaient la bière que les serviteurs buvaient aux repas.

Mais au fond se trouvait une nouvelle porte que Tyson n'avait pas remarquée lors de sa première visite, cachée qu'elle était par plusieurs caissons en bois.

Briggs introduisit la clé dans la serrure, mais elle était si rouillée qu'il ne parvint pas à la tourner.

— Laissez-moi donc essayer! s'impatienta Tyson.

Il tendit la bougie au vieil homme, puis, à l'aide de ses deux mains, il parvint enfin à ouvrir la porte.

C'était une grande cave au sol dallé dont les murs étaient tapissés jusqu'au plafond d'étagères surchargées de bouteilles de vin!

— On a mis rudement d' temps pour l'aménager juste comme not'maît' voulait! dit Briggs. Y fallait tout disposer pour que l' vin y s' bonifie en veillissant!

— Et je suis prêt à parier qu'il s'est considérablement bonifié! affirma Tyson.

— Une cave pleine de vin dont vous ne soupçonniez même pas l'existence! s'écria la jeune fille en battant des mains. C'est merveilleux ! Je me demandais si vous aviez fait le vœu de ne boire que de l'eau pendant les repas !

— Je n'arrive pas à en croire mes yeux ! dit-il dans un souffle en parcourant la cave du regard.

— Et c'est là qu'y a l' service en argent, maît' Tyson ! fit Briggs en désignant le fond de la cave où se trouvait un grand amoncellement d'objets enveloppés de serge verte.

Tyson en prit un et retira son emballage : c'était une énorme bonbonnière un peu désargentée, mais merveilleusement travaillée.

— Je m'en souviens maintenant ! s'écria Tyson. Elle était pleine lors des réceptions, et le lendemain les Briggs me donnaient toujours les quelques bonbons qui restaient !

— Vous vous rappelez encore c'la ! s'étonna le vieil homme. Mais quand vous étiez gosse, vous étiez toujours en train d'rôder du côté du garde-manger à quémander quèques friandises !

— Et vous ne me donniez pas que des bonbons ! J'avais aussi du raisin, et même, quand j'avais été très sage, une belle pêche mûre !

Vania s'accroupit pour sortir de la serge verte ceux des objets qui se trouvaient à même le sol.

— Ce sont les plats à entrées ! s'écria-t-elle. Et voilà certainement ceux que vous utilisiez pour vos petits déjeuners : ils ont une mèche pour que la nourriture ne refroidisse pas !

— Nous allons monter tout ça ! dit Tyson. Mais vous vous rendez compte, je suppose, du travail que ce sera pour les nettoyer ?

— J'ai parfaitement compris ce que vous suggérez ! Mais puisque, grâce à une remarque que j'ai faite en passant, vous avez trouvé assez de vin pour noyer tous vos chagrins, je pense que vous vous sentirez moralement obligé de m'aider !

La jeune fille fut heureuse de voir que Tyson lui renvoyait son sourire.

Soudain, l'idée lui vint qu'ils se comportaient presque comme un couple marié en train d'emménager dans sa nouvelle maison !

— Je vais dire à Hawkins de nous monter tout cela, car il ne faut pas faire attendre nos chevaux ! dit vivement Tyson, comme s'il venait d'avoir la même pensée que Vania.

— Nous devrions leur offrir une bouteille de vin en guise d'excuse ! suggéra-t-elle, taquine. Ils l'apprécieront sans doute autant que nous !

— Je n'ai aucune intention de gaspiller un si bon vin en le donnant à des hommes ou à des animaux incapables de l'apprécier à sa juste valeur ! répliqua Tyson avec le plus grand sérieux.

Là-dessus, ils traversèrent l'autre cave et remontèrent l'escalier sans mot dire.

— Prenez tout de même le temps de finir votre petit déjeuner ! dit-il lorsqu'ils furent dans le couloir.

— Je suis beaucoup trop excitée pour avoir envie de manger ou de boire ! répondit Vania. J'avais promis de vous aider à trouver tous vos trésors, et nous en sommes déjà au deuxième !

Puis, comme il la regardait d'un air incrédule :

— Auriez-vous déjà oublié le service en porcelaine ? Vous m'avez dit vous-même que vous ne vous souveniez plus de l'existence de ce placard !

— Vous avez raison ! reconnut-il. Et je vous en remercie ! Je ne voudrais pas que vous me preniez pour un ingrat !

En s'habillant dans le petit salon où elle avait laissé son chapeau et sa jaquette de cheval, elle ne manqua pas de jeter un coup d'œil sur le miroir au cadre doré au-dessus de la cheminée : son très élégant habit de cheval, d'un bleu saphir, lui seyait à ravir, tout autant que son chapeau dont le voile de gaze allait bientôt flotter au vent.

— Je l'ai déjà beaucoup aidé ! dit-elle à son reflet dans le miroir. Et il commence lui-même à se rendre compte que je lui suis très utile !

Puis, sachant combien il détestait qu'on le fasse attendre, elle se hâta de le rejoindre dans le hall où il lui tendit ses gants et un petit fouet.

Pour sa part, Tyson portait un vieil habit de cheval — celui de son père, selon Mme Briggs — mais aucun cavalier, fût-il habillé à la dernière mode, ne pouvait avoir plus belle allure que lui ! Il avait un air à la fois imposant et quelque peu désinvolte, sans doute parce qu'il portait son chapeau haut de forme incliné sur le côté.

— Je vous défie à la course ! dit-elle avec fougue, dès qu'ils eurent dépassé le pont qui franchissait l'étang. J'ai encore les poumons pleins de poussière.

Ils firent un démarrage foudroyant sur la pelouse verte. Salamanque était plus rapide que Vitoria, mais la vitesse grisait la jeune fille, qui éprouvait en outre une allégresse folle à se mesurer à un tel homme !

Un homme qui — elle en était persuadée au plus profond d'elle-même — serait toujours vainqueur dans toutes ses entreprises !

Deux kilomètres plus loin, ils ralentirent.

— Je me sens mieux ! Oh ! Tyson, cela ne vous a pas monté à la tête d'avoir trouvé tant de bonnes bouteilles ? Imaginez combien de fois vous pourrez vous soûler sans débourser un centime !

— Je n'ai vraiment aucune intention de me

soûler ! répliqua Tyson. Mais je reconnais que c'est bien agréable de s'apercevoir soudain que l'on est propriétaire d'un si grand trésor !

— Et ce n'est qu'un début ! assura Vania. Vous allez voir, cette maison ressemble à la lampe d'Aladin : il suffit de trouver le mot magique et elle révélera tous ses secrets !

— Si seulement vous pouviez avoir raison !

— Mais j'ai raison ! répliqua la jeune fille. Et, s'il vous plaît, soyez courtois, ne serait-ce qu'une fois : dites-moi que vous êtes heureux d'être en ma compagnie ! Si je n'avais pas dit le « mot magique » à Briggs, nous n'aurions peut-être jamais soupçonné l'existence de tout ce vin et du service en argent !

— Je vous ai déjà remerciée ! répondit simplement Tyson, mais ses yeux étaient pétillants de malice.

— Par moments je déteste votre réserve compassée, si désespérément britannique ! se plaignit Vania. Je voudrais que vous soyez un Français qui me dirait des choses charmantes et ferait battre mon cœur !

— Un Français ? demanda Tyson. Et pourquoi pas sir Neville Blakely ?

— Oh ! Je vous déteste ! s'écria Vania. A cause de vous j'ai peur de nouveau : je m'attends à le voir surgir à tout moment derrière une clôture ou m'épier derrière un arbre !

Sur ce, elle effleura Vitoria de son fouet et partit au galop.

Et Tyson, lancé à sa poursuite, se disait qu'il devait être bien difficile de trouver une aussi séduisante amazone... Au fond, il n'était pas mécontent d'héberger Vania : seul à Revel Royal, il se serait senti tellement déprimé !

Il avait pris l'habitude d'être en compagnie d'hommes à qui il pouvait parler à tout moment, et de faire face chaque jour à des quantités de problèmes qu'il était seul à pouvoir résoudre.

Mais à Revel Royal, entre les plafonds qui s'effondraient et les murs qui tombaient en ruine, au milieu de cette poussière et de ce délabrement, qui, privé de compagnie, ne sombrerait pas dans le plus noir désespoir ?

Cependant Vania, avec son enthousiasme, ses exaltations enfantines et ses remarques provocantes, rendait amusantes les pires situations et ses ennuis semblaient s'inscrire dans le roman d'aventures qu'elle se croyait en train de vivre.

Elle se retourna pour s'assurer qu'il la suivait, lui offrant ainsi un aperçu de ses yeux immenses, de son petit nez droit et de son sourire.

« Elle est vraiment ravissante ! pensa-t-il. Elle troublerait la paix de n'importe quel ermite ! Plus vite je saurai quoi en faire, mieux cela vaudra ! »

Mais il faisait si beau ce matin-là ! Ils firent une promenade plus longue que prévu et ne rentrèrent à Revel Royal qu'à midi !

Hawkins les attendait pour s'occuper des chevaux et Vania, suivie de Tyson, entra dans le salon tout en ôtant son chapeau.

— Je me disais... que je devrais peut-être arroser les fleurs ! dit-elle.

— J'ai vraiment l'impression que vous voulez reculer par tous les moyens le moment où nous nous remettrons au travail dans la bibliothèque ! Mais je dois avouer que moi non plus je n'aime guère ce genre de tâche !

— Nous pourrions peut-être fouiller une autre pièce ? suggéra Vania.

— Ce ne serait pas très rationnel ! répliqua-t-il.

— Vous voilà redevenu généralissime ! ironisa-t-elle. L'armée doit avancer en bataillons bien rangés, comme l'a décidé le duc de Marlborough ! A moins que vous ne préfériez que j'évoque la glorieuse bataille d'Azincourt !

— C'est de la provocation pure et simple ! répliqua Tyson ; je vous ai déjà prévenue qu'un jour vous pourriez dépasser les bornes !

Il la trouvait d'autant plus séduisante dans le secret de son cœur qu'elle penchait la tête et ajoutait :

— Vous n'êtes plus soldat, maintenant, et je fais vraiment ce que je peux pour essayer de vous faire oublier tous ces raisonnements bien « conformes » qui n'ont pas leur place en temps de paix !

Tyson faillit répliquer qu'il n'y avait pas eu grand-chose de « conforme », comme elle disait, dans cette armée qui avait franchi les Pyrénées en ne comptant que sur ses propres forces, à moitié oubliée de ceux qui vivaient dans le confort en Angleterre ! Et il en allait de même pour les troupes qui avaient finalement défait les forces de Soult à la bataille de Toulouse.

Mais il ne voulut pas avoir l'air trop pontifiant, ce que Vania n'aurait pas manqué de lui reprocher de nouveau, et il se contenta de répondre :

— C'est bon, je renonce ! C'est vous qui choisirez l'endroit où nous commencerons nos recherches cet après-midi !

Soudain, des bruits de voix retentirent dans le hall.

— Il ne faut pas qu'on vous voie ici ! dit vivement Tyson. Vite, filez par la fenêtre !

— Non, on pourrait me voir ! chuchota Vania. J'ai une meilleure idée !

Elle courut vers le placard à portes coulissantes, près de la cheminée, où elle avait trouvé les bibelots en porcelaine, et se glissa à l'intérieur.

Tyson, de son côté, se précipita vers un fauteuil où elle avait laissé son chapeau, qu'il jeta derrière le canapé.

Le placard se ferma en même temps que s'ouvrait la porte du salon.

— L'Honorable Manfred Dale, maît' Tyson ! annonça le vieux Briggs d'une voix chevrotante.

Tyson ne put maîtriser un tressaillement lorsque entra dans le salon un homme vêtu à la dernière mode, mais d'une manière si voyante qu'il ne le reconnut pas tout de suite ! En réalité, cela faisait au moins quatorze ans qu'il n'avait pas vu son cousin ! Et à cette époque, ce n'était guère plus qu'un gamin, insupportable par-dessus le marché ! Dès lors, comment aurait-il pu identifier son cousin Manfred dans cette élégante silhouette de gravure de mode ?

De son côté, le nouveau venu semblait penser que Tyson avait lui-même beaucoup changé, car il le dévisagea un moment en silence.

— Tyson en personne, je suppose ? demanda-t-il enfin d'une voix affectée. Si je vous avais vu ailleurs, j'aurais été bigrement embarrassé pour vous reconnaître.

— Je pourrais dire exactement la même chose de vous ! répliqua sèchement Tyson. Que voulez-vous ?

— Ah ! maintenant, je vous reconnais bien ! reprit Manfred avec un petit rire précieux. C'est vous tout craché, mon cher cousin ! C'est ainsi, je suppose, que je dois vous appeler, bien que vous soyez un enfant illégitime !

— Comme je ne vous ai pas invité, je n'ai aucun

scrupule à vous demander les raisons de votre visite ! Je ne pense pas que ce soit mon intérêt qui vous préoccupe !

— Très perspicace ! se moqua Manfred. Mais suis-je au moins invité à m'asseoir ? Et je ne refuserais pas non plus une petite collation !

— Je n'ai pas l'intention de vous offrir quoi que ce soit ! répliqua Tyson. Ayez donc l'obligeance de m'apprendre au plus tôt l'objet de votre visite et de prendre congé le plus vite possible !

— C'est donc ainsi que vous le prenez ! Dire que je m'étais figuré que vous accepteriez votre défaite avec un minimum d'esprit sportif !

— Je ne m'abaisserai pas à discuter de la conduite de votre père !

— Mon cher cousin, il fallait pourtant s'y attendre ! Mais, d'un autre côté, si vos avocats avaient pu fournir une seule preuve du mariage de vos parents, il est évident que mon père n'aurait pas fait valoir ses droits !

— Il n'aurait surtout pas été dans la position de le faire ! dit Tyson d'un ton froid.

— Vous avez encore bien de la chance que votre mère vous ait légué cette maison, mais elle va vous coûter une fortune en réparations ! fit Manfred, confortablement installé dans un fauteuil.

— Vous n'êtes pas venu me parler de ma maison, j'imagine ! Alors pourquoi êtes-vous ici ?

— Agressif jusqu'à la grossièreté ! siffla Manfred. Mais je suppose qu'il ne fallait pas s'attendre à autre chose de votre part !

Tyson ne jugea pas utile de répondre. Adossé au manteau de la cheminée, il semblait prêt à bondir.

Certes, son cousin arborait une somptueuse cravate d'un blanc neigeux, nouée de la façon alambiquée qu'affectionnaient les Casanova du quartier de Saint-James... Ses pantalons jaune champagne lui moulaient impeccablement les hanches... Quant à son habit à basques, il n'avait pas un pli !

Eh bien, malgré tout cela, Tyson, dans la vieille tenue de cheval de son père, écrasait son cousin Manfred de toute sa présence !

Il n'y avait que deux années de différence entre eux, mais Tyson avait gagné sur les champs de bataille une maturité dont on eût vraiment cherché trace dans la silhouette languissamment vautrée devant lui.

Soudain, le regard de Manfred parut perdre un peu de son arrogance, comme s'il commençait à se rendre compte qu'il n'arrivait pas à la cheville de son cousin :

— Je suis venu voir si vous pouviez m'aider ! dit-il d'un ton renfrogné.

— Moi, vous aider ? s'étonna Tyson.

— Je suppose que vous avez entendu parler du crime commis dans le village voisin de votre propriété ?

— Un crime ! Quel crime ?

— Quand êtes-vous revenu à Revel Royal ? demanda Manfred. Je pensais que vous étiez peut-être déjà rentré quand cela s'est produit, mais les propriétaires de l'auberge disent qu'ils ne vous ont pas vu...

— Je suis arrivé ici mardi, répondit Tyson. De toute façon, cela ne vous regarde pas !

— Mardi ! répéta Manfred. Dans ce cas je suppose que vous ne pouvez m'être d'aucun secours...

— Et d'après vous, en quoi aurais-je pu vous aider ?

— Mardi soir, M. et Mme Charlwood ont été contraints de passer la nuit à l'hôtel de poste de Little Fenwick parce que leur cheval avait malencontreusement perdu un fer.

Les yeux toujours fixés sur ceux de son cousin, Tyson restait de marbre.

— Ils accompagnaient leur nièce, Évangéline Charlwood, avec qui je devais me fiancer dès leur arrivée à Londres.

— Vous allez vous marier ! s'exclama Tyson avec un sourire ironique. Toutes mes félicitations !

— J'apprécierais encore bien davantage vos félicitations, répliqua Manfred, si la jeune demoiselle en question n'avait pas disparu pendant son séjour dans ce que vous appelez sans doute votre village !

— Disparu ! s'exclama Tyson. Comment est-ce possible ?

— C'est bien ce que j'aimerais savoir ! répliqua Manfred. Dès que j'ai appris ce qui s'était passé, j'ai sauté dans la première diligence, avec pour seul résultat de constater qu'Évangéline s'était volatilisée sans laisser le moindre indice !

— Comment diantre a-t-elle bien pu s'y prendre ? ironisa Tyson.

— C'est bien ce que je veux absolument savoir !

— Mais quelqu'un a sûrement une idée de ce qui s'est passé, tout de même ?

— Personne ! répondit fermement Manfred en détachant bien les deux syllabes.

Pendant un long moment, Tyson sembla plongé dans ses réflexions.

— Peut-être, dit-il enfin — bien sûr ce n'est

qu'une suggestion —, s'est-elle enfuie avec quelqu'un d'autre ?

— Nom d'une pipe, c'est exactement ce que tout le monde me dit à l'auberge ! Mais son oncle, qui est un homme très sérieux, me jure qu'elle ne connaissait que très peu d'hommes, exception faite d'un certain coureur de dot nommé sir Neville Blakely, que l'on a d'ailleurs retrouvé assommé à l'auberge dans la chambre d'Évangéline ! Il prétend qu'on l'a attaqué par-derrière et qu'il n'a pas eu le temps de voir son agresseur !

— Tout ça n'est pas très clair ! soupira Tyson. Mais avez-vous une ou plusieurs raisons de penser que la demoiselle en question ne souhaitait pas vous épouser ?

— Quelle question ! Évidemment qu'elle veut m'épouser ! trancha Manfred. Grâce à moi, elle va pouvoir entrer dans la haute société à laquelle elle n'a pas encore accès, et plus tard, bien sûr...

Il s'interrompit, comme s'il se souvenait soudain de l'identité de son interlocuteur.

— Plus tard, acheva Tyson, à la mort de votre père, elle deviendra bien sûr lady Wellingdale !...

— Oui, puisque vous tenez à le dire aussi crûment ! reconnut Manfred.

— Et vous, vous désirez vraiment l'épouser ?

— Bien entendu ! s'écria Manfred. C'est une très grosse héritière !

— Ah ! je commence à comprendre !

— Ce n'est pas trop tôt ! dit Manfred d'un ton persifleur. Le mariage a été arrangé par mon père et l'oncle de cette fille à la satisfaction des deux parties !

— Mais qu'avez-vous à faire d'une riche héritière ? Mon grand-père était très riche...

— A-t-on jamais assez d'argent ? demanda Manfred d'une voix traînante. Il se trouve que j'ai actuellement sous ma protection un superbe « oiseau de nuit » de Covent Garden dont le goût pour les diamants manque vraiment de modération...

— Alors il vous faut une héritière le plus vite possible ! ironisa Tyson.

— C'est bien mon avis ! répliqua Manfred. C'est pourquoi je me demandais si vous n'aviez pas entendu des racontars qui m'auraient mis sur une piste, mais je vois que j'ai fait chou blanc !

— De toute façon, si j'avais pu vous aider, dit Tyson tandis que son cousin s'arrachait péniblement de son fauteuil, vous pouvez être certain que je ne l'aurais pas fait !

— J'en étais sûr ! Bâtard de nature autant que de naissance ! s'exclama Manfred d'une voix traînante. Eh bien, il est peu probable que nos routes se croisent de nouveau !

— A votre place, je n'en serais pas si sûr ! Vous pouvez dire à votre père que j'ai la plus ferme intention de contester son droit au titre et au domaine !

Manfred fit entendre un rire des plus déplaisants.

— On dit que le soldat britannique ne reconnaît jamais sa défaite ! siffla-t-il. Mais ne perdez surtout pas votre bel optimisme, car vous n'avez pas l'air d'avoir grand-chose d'autre ! ajouta-t-il d'un ton sarcastique. Adieu, cousin aussi inhospitalier qu'illégitime ! Acceptez que je ne vous invite pas à mes noces : la honte de la famille doit absolument rester un secret !

Sur ces paroles, il sortit, mais Tyson ne bougea pas d'un millimètre.

Puis, lentement, comme à regret, il desserra ses poings. Grâce à des années de pratique il avait pu se contrôler et se retenir de frapper son cousin, ce qui pourtant lui aurait procuré une intense satisfaction. Mais cela eût manqué de dignité et surtout prolongé le séjour d'un visiteur bien importun.

Il resta ainsi immobile jusqu'à ce que le bruit des roues se fût estompé dans le lointain. Au même moment, la porte du placard s'ouvrit.

Les yeux immenses de Vania semblaient s'être encore agrandis et faisaient ressortir l'extrême pâleur de son visage.

Pendant quelques instants, ses lèvres remuèrent sans produire le moindre son.

— Ainsi, vous vous appelez Évangéline Charlwood ! dit enfin Tyson.

— Et... vous... Tyson... Dale !

— Je pensais que vous le saviez !

— N... non !... A cause des portraits dans la chambre de votre père, je croyais... que vous vous appeliez... Osborne !...

— Je vous aurais tout expliqué si j'avais pu penser que vous aviez affaire à mon cousin !

— Maintenant, vous voyez bien... dit-elle d'une voix presque inaudible, le genre d'homme... que c'est... et pourquoi je ne peux pas... l'épouser !

— Je vous comprends !

Leurs regards se croisèrent et ils eurent un instant le sentiment de se parler au-delà des mots...

Puis Tyson se détourna et s'accouda à la fenêtre, le regard perdu dans l'horizon bleuté.

Après un silence qui lui parut interminable, Vania demanda d'une petite voix tremblante :

— Vous... vous n'allez pas... me renvoyer ?

— Vous savez bien que vous ne pouvez pas rester ici !

— Mais... pourquoi ?

— Parce que, maintenant que je sais qui vous êtes, je suis légalement obligé d'informer votre oncle de votre présence ici !

— Pourquoi ? Pourquoi ? Vous savez bien qu'il... me forcera... à épouser ce personnage... répugnant ! s'écria-t-elle avec colère.

Puis elle rejoignit Tyson près de la fenêtre.

— Pourquoi vous a-t-il parlé sur ce ton en vous appelant par tous ces noms horribles ?

— Mon père s'est enfui avec ma mère parce qu'on les empêchait de s'aimer ! expliqua Tyson. Mais elle était mineure, et personne ne peut retrouver l'endroit où ils se sont mariés... Mais c'est la première chose qu'ils ont faite, on ne pourra jamais me faire croire le contraire !

— Votre oncle n'a pas l'air de partager votre point de vue !

— A la mort de mon père, poursuivit Tyson, mon oncle a demandé des preuves du mariage, pendant que j'étais sur le continent, au front, et mes avocats n'ont pu trouver ni document ni information concernant la cérémonie du mariage.

— Si bien que votre oncle est devenu lord Wellingdale...

— Alors que mon père était l'aîné !

— Je comprends ce que... vous éprouvez ! s'exclama la jeune fille.

— Peu m'importe comment Manfred m'appelle ! poursuivit Tyson. Mais je laverai la mémoire de ma mère, dussé-je y consacrer ma vie entière ! s'écria-t-il, répétant tout haut le serment qu'il s'était déjà fait à lui-même.

Soudain, il sentit une petite main se poser sur son bras.

— Nous y arriverons, j'en suis certaine ! Nous trouverons la preuve... ensemble, ici, dans cette demeure ! dit-elle d'une voix à la fois rassurante et passionnée.

— Je vous remercie, Vania, répondit Tyson en prenant les mains de la jeune fille dans les siennes. Mais cela risque de prendre beaucoup de temps ! Et vous savez bien que vous ne pouvez pas rester ici !

— Je le peux et je le veux ! s'écria Vania. Vous n'allez tout de même pas me forcer à épouser cette... limace gluante... qui n'aime que... mon argent... pour pouvoir entretenir... une autre femme !

— Vous êtes donc si riche que cela ?

— Assurément !

— Alors c'est une raison de plus pour ne pas vous garder chez moi ! Vous imaginez bien ce que tout le monde dirait si on vous retrouvait ici !

Vania ne répondit pas.

— Non seulement votre réputation serait perdue, continua-t-il, mais on m'enverrait au bagne en Australie pour détournement de mineure ! Surtout, cela gâcherait tout ce qui, en vous, est beau, jeune et pur, et cela, je ne le supporterais pas !

Il y avait une certaine vibration dans sa voix qui n'échappa pas à Vania.

— Nous devons absolument en discuter la tête froide ! ajouta-t-il avec autorité en s'écartant d'elle comme s'il venait de s'apercevoir qu'il lui tenait les mains depuis trop longtemps. C'est ce que nous aurions dû faire dès le début ! En fait, je crois que j'ai un plan réalisable.

— Lequel ? demanda Vania dans un souffle.

— Je dois pouvoir louer une voiture au village et vous laisser devant chez votre oncle. Vous lui direz que vous avez logé dans plusieurs auberges le long de la route après avoir échappé à sir Neville.

Lorsqu'il proposait un plan de campagne à Wellington ou lui suggérait un déploiement de troupes, il avait exactement le même ton cassant.

— Ce n'est pas très convaincant, je le reconnais, poursuivit-il, mais je crois que votre oncle sera si heureux de votre retour qu'il ne posera pas trop de questions.

Vania poussa un profond soupir.

— Vous... n'oubliez... qu'une seule chose !

— Et laquelle ?

— Je n'ai nullement l'intention... de retourner chez mon oncle !

— Vous ne pouvez pas faire autrement !

— Pour qu'on me force à épouser votre cousin ? s'écria-t-elle en défiant Tyson du regard.

Comme il détournait les yeux, la jeune fille comprit qu'elle avait fait mouche.

— Vous devez bien avoir d'autres parents ! fit-il remarquer après un long silence.

— Que des tantes âgées qui trouvent merveilleux que je doive épouser le futur lord Wellingdale ! De toute façon, elles feront tout ce que leur dira mon oncle !

— Vous avez bien des cousins ?

— Quelques-uns mais je ne les connais pas ! Oncle Lionel ne les a jamais invités !

Tyson se mit à arpenter la pièce de long en large :

— Vous seriez bien la seule personne au monde à n'avoir ni parent ni ami vers qui se tourner dans une situation de ce genre !

— Je suis peut-être... unique, répliqua Vania, mais c'est pourtant bien... la vérité !

— Alors, qu'allons-nous faire ? s'écria Tyson un peu fâché.

Pourtant, le regard de Vania gardait toute sa sérénité.

— Laissez-moi... rester chez vous ! supplia-t-elle d'une voix presque inaudible.

— Mais c'est impossible ! Je vous l'ai déjà dit cent fois !

— Je pourrais... vous suggérer... un moyen... qui rendrait cela... possible !

— Ah oui ? Et lequel ?

— Vous pourriez... m'épouser !

5

Stupéfait, Tyson contemplait Vania, se demandant s'il avait bien compris.

— Vous vous rendez compte de ce que vous dites ? demanda-t-il enfin, d'une voix étonnamment dure.

— Bien sûr ! Je serais en sécurité... sous votre protection !

Il la regarda encore quelques instants, comme s'il continuait à douter de ce qu'il avait entendu. Puis il lui tourna le dos et alla s'appuyer contre la cheminée.

— Il ne peut en être question !
— Mais pourquoi ?
— Vous le savez aussi bien que moi !
— Pas du tout !... Expliquez-moi !... Vous devez penser, ajouta-t-elle, comme Tyson s'obstinait dans son silence, que j'ai tort... de vous demander... une chose pareille... Mais en écoutant... votre conversation... j'ai compris que... je n'exagérais pas... en vous disant... que je préférerais... mourir... plutôt que d'épouser... votre cousin !

— Il faut que je vous ramène chez votre oncle ! trancha Tyson. Si je lui explique les circonstances exceptionnelles dans lesquelles vous vous êtes trouvée, je suis sûr de pouvoir lui faire entendre raison !

Il avait parlé avec une grande assurance, comme s'il se croyait vraiment capable de faire comprendre à l'oncle de Vania qu'elle ne devait pas épouser un homme sans l'aimer, surtout un homme aussi radicalement différent d'elle que Manfred Dale !

— Il ne voudra... jamais... vous écouter... je le sais ! Si vous me renvoyez, ma tante et lui... sauront briser peu à peu... toute résistance... en moi !

— Je lui ferai comprendre la situation !

— Il sait... jouer la comédie... Il fera semblant... de l'avoir comprise... tant que vous serez là ! Mais dès que vous serez... parti, il enverra un message à... lord Wellingdale, et... quoi que je fasse, ils me forceront à ce... mariage ! Ce sera... aussi terrible... que l'enfer !

Elle parlait d'une voix brisée, comme si elle avait perdu tout espoir de fléchir Tyson, qui d'ailleurs lui tournait toujours le dos.

Et comme, une fois de plus, il ne répondait pas, il n'y avait vraiment rien qui pût la sauver du désespoir !

— Peut-être... la vraie raison... pour laquelle vous... refusez, c'est que vous ne voulez pas de moi ! dit-elle d'une petite voix brisée infiniment pathétique.

Cette fois-ci, il se retourna : elle n'était qu'à quelques pas et fixait sur lui un regard plus malheureux que jamais.

Ils se regardèrent ainsi en silence pendant quelque temps.

— Vous savez bien que je n'ai rien à vous offrir ! dit-il enfin.

— Mais... si ce n'était pas... le cas, accepteriez-vous de... m'épouser ?

Leurs regards se croisèrent et les lèvres de Tyson semblèrent vouloir esquisser une réponse, mais aucun son ne vint.

Enfin, au prix d'un gros effort, il parvint à articuler :

— Cette question ne se posera jamais ! Il n'y a donc aucune raison pour que j'y réponde !

— Mais... je voudrais tant... savoir !

— Vous savez parfaitement que je ne peux épouser personne, puisque légalement je n'ai même pas de nom !

— Pourtant, moi... je suis... certaine qu'ici, dans cette maison, vous trouverez... la preuve de... votre légitimité, mais... ce sera peut-être... trop tard... pour moi !

Tyson ne put soutenir plus longtemps son regard suppliant :

— C'est décidé, je vais louer une voiture et vous ramener devant la porte de votre oncle !

— Vous ne savez pas où il habite !

— Je trouverai ! Ou plutôt, vous finirez bien par me le dire, car c'est la seule chose sensée que vous puissiez faire !

— Vous ne pensez qu'à vous-même ! Vous ne pourriez pas penser un tout petit peu à moi, de temps en temps ?

Les lèvres de Tyson se serrèrent, mais il parvint à garder son sang-froid :

— Disons que c'est la meilleure solution, pour vous comme pour moi !

— Je vous en prie... épousez-moi !

Une nouvelle fois leurs regards se rencontrèrent, et la jeune fille eut le sentiment que le cœur de Tyson disait tout le contraire de ses lèvres.

— Je m'en vais, maintenant ! dit-il durement. Si je ne suis pas rentré pour le déjeuner, ne m'attendez pas...

Sur ces mots, il sortit, refermant sans douceur la porte derrière lui.

Vania poussa un cri et se cacha le visage dans ses mains. Cependant, elle ne pleura pas... Elle avait franchi les limites extrêmes du désespoir, au-delà du noir absolu, au-delà même des larmes.

La cruauté de Tyson lui paraissait également sans limites !... Il savait pourtant bien qu'en la remettant à son oncle, c'était à Manfred Dale qu'il la livrait !

Évidemment, avant de faire la connaissance de Manfred, elle était si malheureuse avec son oncle et sa tante qu'elle souhaitait parfois se marier avec le premier venu ! Dans son esprit, rien ne pouvait être pire que de vivre avec des gens qui la considéraient comme un fardeau et la détestaient parce qu'ils jalousaient sa beauté et sa fortune !

Puis elle avait fait la connaissance de Manfred Dale...

Et vraiment, elle n'avait pas exagéré en assurant à Tyson que son cousin lui faisait l'effet d'un reptile qui la dégoûtait et la terrorisait à la fois dès qu'il s'approchait d'elle !

Elle avait la certitude la plus profonde qu'il était intrinsèquement mauvais, essentiellement diabolique !... Elle ne pouvait même pas supporter l'idée qu'il pourrait un jour la toucher, sans parler bien sûr de l'embrasser !

Dès sa première rencontre avec lui, elle avait couru dire à son oncle qu'elle le détestait !

— Toutes les femmes ont peur du mariage ! avait-il répliqué en riant. Mais elles apprennent très vite à aimer leur mari !

— L'aimer, lui ? s'était écriée la malheureuse Vania. Jamais ! Je l'exécrerai jusqu'à ma mort !

— Quand je pense que vous devriez tomber à genoux et remercier le Ciel que quelqu'un d'aussi important daigne vous épouser, lui qui évolue dans la plus haute société ! s'était exclamée sa tante avec aigreur.

Une fois leur nièce mariée à Manfred Dale, l'oncle et la tante de Vania auraient enfin accès à ce qu'on appelait le « beau monde », et cela valait bien qu'on la sacrifie !

Lors de la visite inopinée de Manfred à Revel Royal, la jeune fille s'était même dit, en entendant sa voix précieuse et affectée, qu'il y avait autant de différence entre Tyson et lui qu'entre Dieu et le diable !

Oui, elle avait compris à ce moment-là à quel point elle aimait déjà Tyson ! En réalité, elle devait bien se l'avouer : elle l'aimait depuis l'instant où, l'ayant sauvée des griffes de sir Neville Blakely, il l'avait conduite dans sa demeure enchantée sertie dans le clair de lune.

« Je l'aime ! Oh ! je crois que je l'ai toujours aimé ! Il était déjà dans mon cœur bien avant que je ne le rencontre ! se dit-elle. C'est exactement le genre d'homme que... j'ai toujours rêvé de rencontrer un jour ! »

Chaque instant passé à Revel Royal lui procurait une joie exaltante qui s'approfondissait de seconde en seconde !... Et cela, bien sûr, uniquement parce que Tyson était là !

L'accompagner dans ses promenades à cheval, chercher avec lui le trésor, le faire enrager, et surtout l'entendre dire « Vania » de sa voix profonde et vibrante, tout cela était pour elle un enchantement dont toute sa vie elle avait soupçonné la possibilité, mais que jusque-là elle n'avait jamais éprouvé...

Et maintenant que ce bonheur lui avait été révélé, il allait lui être enlevé ! « Comment peut-il être si cruel ? Comment peut-il me faire souffrir à ce point ? » se demandait-elle avec désespoir.

Peut-être pourrait-elle s'enfuir une fois encore... Mais pour aller où ? Et si elle ne voulait pas s'enfuir à pied, il lui faudrait absolument « emprunter » Vitoria...

« Tyson !... Tyson !... » appelait-elle inlassablement dans son cœur.

Enfin, lasse de se cogner la tête contre les murs, elle se jeta de tout son long sur le canapé et s'enfouit le visage dans un coussin de soie défraîchie.

Sur la route qui menait au village, Tyson n'entendait plus que la petite voix craintive qui répétait au rythme du trot de Salamanque :

— Vous... pourriez... m'épouser !

Il était bien obligé de s'avouer que lui aussi avait eu cette idée !... Mais il l'avait brutalement écartée, s'interdisant de penser au mariage tant qu'il n'aurait pas retrouvé, grâce à un miracle, la fortune de son père et surtout la preuve qu'il avait le droit de porter son nom.

En toute sincérité, il croyait injustifié l'optimisme de Vania qui faisait de leur chasse au trésor un jeu... Pourtant, au fond de lui-même, il avait la ferme conviction qu'il finirait par vaincre.

La malignité de son oncle pouvait-elle s'épanouir impunément et indéfiniment comme plante au soleil ?... Tôt ou tard il faudrait bien qu'il soit confronté à la vérité, et que soit reconnue à son père et à sa mère la dignité qui n'avait jamais cessé d'être la leur.

Tyson avait bien un certain nombre de parents, qu'il n'avait évidemment pas vus depuis de nombreuses années, mais il n'avait pas l'intention de prendre contact avec eux : car pour éviter de se quereller avec son oncle, ils avaient dû admettre depuis longtemps ses prétentions au titre de lord Wellingdale ! Cependant, Tyson ne parvenait pas vraiment à leur en vouloir de leur lâcheté : si son père était mort, son oncle, lui, était bien vivant, et cela seul comptait sans doute à leurs yeux.

Par ailleurs, ils avaient sans doute noué pour la plupart des relations avec Manfred, tandis qu'ils ne savaient même pas à quoi Tyson ressemblait, et s'il méritait qu'on prît son parti.

« Je dois combattre et vaincre seul ! pensa-t-il. Mais maintenant il y a Vania ! »

En effet, les paroles de la jeune fille résonnaient inlassablement à ses oreilles... Bien sûr qu'il désirait Vania ! Quel homme digne de ce nom pouvait rester insensible à ces yeux immenses et implorants, à ce visage délicat comme une fleur, à cette fine et exquise silhouette ?

Il se sentait comme saint Augustin, tenté au point que toute résistance devenait presque impossible.

Car il n'y avait pas que la séduction physique !... Elle avait fait preuve d'un courage exceptionnel en refusant d'épouser l'homme qu'elle détestait !

De plus, il lui avait fallu une audace peu commune pour suivre chez lui un parfait inconnu simplement parce que d'instinct elle lui faisait confiance.

Et quel optimisme, quel enthousiasme irrésistibles !... Sans parler de son inébranlable conviction que son sauveur finirait par triompher de tous les obstacles.

« Mais je n'ai rien à lui offrir, rien du tout ! » se dit-il avec découragement.

Et cette pensée lui faisait l'effet d'un glas funèbre qui le laissait impuissant devant la fatalité.

A mesure qu'il approchait de l'auberge *Le Chien et le Chat*, il redoublait de prudence, de crainte que son cousin Manfred n'ait pas encore quitté le village.

Puis il longea la place et jeta un coup d'œil dans la cour de l'auberge pour vérifier qu'il n'y avait pas de trace du luxueux phaéton noir et jaune.

Seuls se trouvaient là quelques cabriolets — appartenant sans doute à des fermiers des environs venus prendre un verre — et une voiture fermée d'un modèle ancien, appuyée sur ses brancards : c'était probablement le seul véhicule que l'on pût louer dans le village.

Il mit pied à terre, tandis qu'un valet d'écurie prenait Salamanque par la bride.

— Bonjour, monsieur. Je le mets à l'écurie ?

— Je désire voir le propriétaire de l'auberge. M. Finch, je crois...

— Présentement il est occupé, m'sieur !

— Alors, vous pouvez peut-être m'aider ! répondit Tyson. Je veux louer une voiture fermée avec deux chevaux.

Comme Tyson s'y attendait, le valet désigna la voiture au centre de la cour :

— C'est la seule qu'on ait, m'sieur !

— Il faudra bien s'en contenter ! fit Tyson avec une moue. Pourrez-vous la conduire à Revel Royal cet après-midi ?

— Les chevaux sont loués pour aujourd'hui, m'sieur. Un pensionnaire de l'auberge les a emmenés à Douvres.

— Quand pourrai-je les avoir ?

— Demain, si vous voulez, m'sieur.

— Alors, va pour demain, s'il n'y a vraiment pas moyen de faire autrement !

— Vous les voulez à Revel Royal, vous avez dit ?

— C'est cela !

— J'savais pas que quelqu'un vivait encore là-bas !

— Je viens de rentrer. J'étais soldat...

— Alors vous devez être M. Dale ?

— Exactement !

— Très heureux de vous connaître, m'sieur. J'entendais d'jà parler d'vous quand j'étais gosse, mais j'suis parti, moi aussi : dans la marine, que j'ai été, pendant cinq ans !

— Je suppose que vous êtes bien content d'avoir retrouvé votre foyer ! dit Tyson en souriant.

— Et comment ! Quand j'ai été blessé, y m'ont dit qu'j'étais trop vieux pour continuer, et j'ai été bien heureux de m'retrouver ici vivant !

— Nous avons tous ressenti cela, je crois !

De nouveau, le regard de Tyson se porta sur la voiture fermée :

— N'oubliez pas de la conduire demain à Revel Royal, avec les chevaux ! dit-il.

— A dix heures, ça vous va, m'sieur ?

— Très bien ! répondit Tyson.

Là-dessus, il se remit en selle et sortit de la cour, sans soupçonner un seul instant qu'on l'observait d'une des fenêtres.

L'Honorable Manfred Dale, paresseusement appuyé contre le bar, dit à l'aubergiste :

— Essayez donc de vous souvenir, mon brave : qui étaient vos clients mardi soir ?

Finch, qui ne semblait pas particulièrement vif d'esprit, se gratta la tête :

— Il y avait une dame et un monsieur dont le cheval avait perdu un fer...

— Vous l'avez déjà dit cent fois ! s'irrita Manfred Dale. Ce sont les autres qui m'intéressent ! Surtout les hommes...

— Il y avait aussi deux messieurs qui revenaient des courses et qui avaient gagné un peu d'argent : ils étaient plutôt gris...

— Et ensuite ? Qui d'autre ?

— Le fermier Lovegrove, qui habite à l'autre bout du village...

— Aucun intérêt ! glapit Manfred Dale. Qui d'autre ? Réfléchissez, mon brave, réfléchissez !

Mais Finch semblait incapable de se rappeler autre chose, jusqu'au moment où il jeta par hasard un coup d'œil par la fenêtre.

— En voilà un autre, m'sieur ! J'm'en souviens maintenant ! s'écria-t-il. Oui, il a bu une bouteille de mon meilleur bordeaux ! Il m'a même félicité pour sa qualité !

Manfred Dale se retourna avec nonchalance. Mais quand il comprit de qui parlait l'aubergiste, son corps avachi parut soudain se redresser et son visage changea totalement d'expression :

— Vous êtes bien sûr que cet homme était là mardi soir ? demanda-t-il.

— Tout ce qu'il y a de plus sûr, m'sieur ! J'm' rappelle bien ! Mais il avait trop l'air d'un gentilhomme pour parler aux paysans qui étaient au bar !

Manfred regarda Tyson s'éloigner. Puis il se tourna vers l'aubergiste :

— Allez vite voir ce qu'il a dit à votre valet ! Il n'y a pas une seconde à perdre ! s'écria-t-il, en se penchant par la fenêtre pour voir le plus loin possible sur la place du village.

Il craignait que Tyson ne reconnût son phaéton s'il le voyait revenir du village voisin.

Il y avait envoyé son valet d'écurie pour demander à l'aubergiste si, depuis mardi dernier, quelqu'un avait aperçu une jeune demoiselle, accompagnée ou non, voyageant avec de nombreux bagages.

Lentement, Tyson reprit le chemin de Revel Royal.

Une partie de lui-même souhaitait ardemment revoir Vania, sachant qu'ils n'avaient plus que vingt-quatre heures à passer ensemble et qu'ils devraient peut-être s'en contenter toute leur vie !

Mais en même temps son instinct était réticent à croiser de nouveau ses yeux implorants et à l'entendre poser des questions toujours désespérément sans réponse !

Hawkins, qui attendait son maître pour s'occuper de Salamanque, comprit à son air sombre qu'il s'était produit quelque chose de fâcheux.

Il avait toujours cet air-là quand une bataille tournait mal, ou quand les Portugais les prenaient en traîtres, ou, pire encore, lorsqu'ils découvraient des camarades assassinés, dépouillés, et souvent atrocement mutilés.

Cependant, Hawkins eut le tact de ne poser aucune question et de mener sans mot dire Salamanque à l'écurie.

Comme l'espérait Tyson, Vania l'attendait dans le salon.

— Le déjeuner est déjà prêt ? Je ne suis pas trop en retard, j'espère ! dit-il sur un ton qu'il voulait le plus neutre possible.

— Qu'allez-vous... faire ? murmura Vania d'une voix tremblante.

— J'ai loué une voiture à deux chevaux.

— Et... quand... seront-ils... ici ?

— Demain ! Ils étaient déjà loués pour aujourd'hui !

Il était vraiment inutile de regarder la jeune fille pour deviner qu'une lueur d'espoir avait soudain éclairé son visage : c'étaient toujours vingt-quatre heures de gagnées ! Tout espoir de fléchir Tyson n'était pas encore perdu !

— Maintenant, il ne vous reste plus qu'à me dire où vous voulez que je vous emmène, mais il serait peut-être plus sage de déjeuner d'abord !

— Comment pouvez-vous... penser à... manger, alors que... vous me traitez d'une manière aussi... cruelle, aussi... impitoyable !...

Cette fois-ci, la jeune fille donnait libre cours à sa colère, ce qui mettait Tyson beaucoup plus à l'aise que ses supplications.

— Nous n'allons tout de même pas passer nos dernières vingt-quatre heures ensemble à nous disputer ! Je pensais que nous continuerions tout simplement notre chasse au trésor !

— Vous voulez dire que... si nous trouvons... l'argent de votre père, vous... m'épouserez ?

— Non ! Je n'ai pas dit cela ! J'aurai encore autre chose à trouver !

— La preuve du mariage de vos parents ?

— Exactement !

— Mais si vous retrouviez ces deux choses... vous m'épouseriez ?

Tyson ne répondit pas, mais leurs yeux se rencontrèrent.

— Vous m'épouseriez, je le sais! s'écria la jeune fille en se rapprochant de lui. Vous êtes trop fier pour le dire, mais moi, je suis assez... humble... pour exprimer ce qu'il y a dans mon cœur : je... vous... aime!

Mais Tyson détourna son regard.

— Pour l'amour du Ciel, Vania, ne dites pas des choses pareilles et ne me regardez pas avec ces yeux! Je suis un être humain, quoi que vous en pensiez!

Il sortit du salon et prit à grands pas la direction de la salle à manger.

— Briggs! Nous sommes prêts pour le déjeuner! s'écria-t-il, alors qu'il était à peine à mi-chemin.

Ils passèrent tout l'après-midi à fouiller les pièces les unes après les autres.

— J'ai déjà cherché dans ma chambre! dit Tyson.

— Et moi j'ai fouillé celle de votre mère! répliqua Vania. Vous croyez que votre père aurait pu dissimuler quelque chose dans les mansardes?

— Sûrement pas! Beaucoup de serviteurs logeaient là-haut à cette époque. Par contre, il ne faut pas exclure l'armurerie.

Là, toutes sortes d'objets rappelaient à Tyson une foule de souvenirs : sa première canne à pêche d'enfant, ou le filet réservé aux grosses truites qu'il prenait avec son père.

Il retrouva aussi son premier fusil de chasse, et, dans un coin de la pièce, la luge que lui avaient si souvent rappelée les sommets enneigés du Portugal.

Pour détendre l'atmosphère, il raconta à Vania

les histoires qui avaient marqué son enfance si heureuse à Revel Royal.

— Par contre, je pleurais toujours sur le chemin de l'école ! lui dit-il. Et chaque soir je biffais la journée écoulée sur le calendrier et comptais les jours qui me séparaient des vacances ! Dire que certains de mes camarades aimaient mieux être à l'école qu'à la maison ! ajouta-t-il avec un soupir. Ça n'a certainement jamais été mon cas !

— Cela ne m'étonne pas ! dit Vania. Mais vous avez sûrement aimé Oxford : papa disait toujours qu'il y avait vécu les années les plus heureuses de sa vie !

— C'est vrai que je m'y suis fait pas mal d'amis, reconnut Tyson. Mais je les ai tous perdus de vue quand je me suis engagé, à l'exception de deux d'entre eux qui avaient été affectés au même régiment que moi, et qui ont été tués tous les deux !

— Oh ! je suis désolée ! dit vivement Vania.

— C'est sans doute pour cela que je me sens si seul ! dit Tyson. J'ai si peu d'amis dans cette partie du monde...

— Mais... vous... m'avez... moi ! s'écria Vania sans réfléchir.

Mais avant même d'avoir achevé, elle sentit qu'elle avait ramené entre eux cette tension presque oubliée depuis plusieurs heures...

— Il n'y a rien ici ! dit Tyson en replaçant les objets sur les étagères de l'armurerie. On essaye ailleurs ? ajouta-t-il en sortant de la pièce.

En marchant derrière, Vania avait l'impression qu'il la précéderait toujours et qu'elle ne parviendrait jamais à le rattraper !

« Encore un jour et je ne le reverrai plus jamais ! » se dit-elle.

A cette idée, le chagrin lui transperça le cœur comme un poignard.

« Comment pourrais-je le quitter ? se demandait-elle avec désespoir. Comment pourrais-je jamais oublier son existence ? »

Tout en elle lui criait que c'était impossible !

Après le thé, ils allèrent dans le jardin pour profiter des derniers rayons de soleil.

— Du vivant de mon père, nous avions dix jardiniers ! dit Tyson.

Mais aujourd'hui, les allées qu'ils parcouraient disparaissaient sous les mauvaises herbes.

— C'est peut-être une vraie jungle, mais c'est très beau ! murmura Vania en admirant les roses redevenues « sauvages » et le chèvrefeuille qui envahissait tout.

— Vous aviez aussi des herbes médicinales ! dit-elle en voyant le long d'un vieux mur de brique d'anciens parterres de fleurs entourés d'une minuscule haie.

— Les gens faisaient des kilomètres pour demander certains remèdes à ma mère !

— Je me demande... si elle en avait... un... pour les peines de cœur !

— Vous voulez absolument me torturer !

— Et vous, que... me... faites-vous ?

— Je me demande vraiment, murmura-t-il avec une sorte de rage contenue, ce qui m'a pris de vouloir aller à l'auberge *Le Chien et le Chat* le soir même de mon retour ! Si j'étais resté chez moi, rien de tout cela ne serait arrivé !

— Alors... vous regrettez... de m'avoir rencontrée ?

— Vous savez bien que je ne voulais pas dire cela ! répliqua Tyson. Je souffre autant que vous ! Mais je ne peux rien faire !

— Vous ne *voulez* rien faire ! corrigea Vania.

Sans répondre, il alla s'asseoir sur un petit banc de pierre, imité aussitôt par Vania.

— Regardez ce jardin ! dit-il. Eh bien, c'est le miroir de ma vie : un gâchis sans espoir ! Si jamais quelqu'un se mettait dans la tête de s'en occuper, il ne saurait pas par où commencer ! Vous croyez vraiment que je pourrais vous offrir ça ?

— Cela me rendrait... pourtant... si heureuse ! murmura-t-elle.

— Peut-être pendant quelque temps, puis vous perdriez petit à petit vos illusions et la misère vous pèserait très vite ; vous vous imaginez que vous pourriez passer tout votre temps à vous inquiéter pour le repas suivant ?

Elle le regarda dans les yeux, et il comprit intuitivement ce qu'elle allait dire...

— Vous croyez, ajouta-t-il vivement comme pour l'empêcher de répondre, que je pourrais utiliser votre argent si moi-même je n'avais pas un sou ?

Vania ne répondit pas : elle ne s'attendait que trop à une telle intransigeance... N'était-il pas l'exact opposé de son cousin qui, lui, ne voulait l'épouser que pour son argent ?

— Cela ne me dérangerait pas... d'être pauvre... si je vivais avec vous ! murmura-t-elle.

— Vous dites cela maintenant ! répliqua Tyson. Mais je voudrais vous poser une question : vous êtes-vous déjà regardée dans un miroir ?

— Mais... évidemment !

— Et qu'y voyez-vous ?

— Je... me vois... moi-même !

— Alors vous devez savoir que vous êtes très séduisante et faite pour vivre dans le luxe !

Soudain il se retourna pour la regarder droit dans les yeux et s'écria d'une voix qu'elle ne lui avait encore jamais entendue :

— Ô ma chérie ! Vous êtes si exquise, si délicate, si différente de toutes les femmes que j'ai connues, que je ne pourrais jamais vous voir perdre votre beauté en même temps que vos illusions, uniquement parce que je n'aurais pas les moyens de vous nourrir convenablement !

— Mais je vous aime ! Ô Tyson, je vous aime... de tout... mon cœur !

— Vous êtes très jeune, vous vous consolerez...

— C'est bien... ce que vous... ferez !

— C'est la première fois que je suis amoureux ! confessa-t-il en détournant son regard. Et jamais plus je n'aimerai comme je vous aime !

— Oh ! je vous en prie... Tyson, je vous en prie... prenons des risques ! Donnons-nous entièrement... l'un à l'autre ! Rien... d'autre au monde... n'a... d'importance !

— C'est bien ce que j'aimerais pouvoir vous dire ! Je voudrais tant y croire ! s'exclama Tyson. Mais il me reste tout de même quelque apparence d'honneur, et mes parents m'ont toujours dit qu'un homme devait vénérer et protéger la femme qu'il aimait !... Alors comment pourrais-je me conduire comme un mufle ?

— Vous me... sacrifiez... à vos... principes !

— Je suis comme je suis ! Vous vous attendiez à ce que j'agisse autrement ?

— Oh ! non ! répondit Vania. J'étais sûre... dans le fond, que vous... réagiriez exactement ainsi ! Mais comment pourrais-je... vivre sans vous... même si vous, vous pouvez... vous passer de moi ?

— Je me suis déjà posé cette question ! répondit

Tyson. Mais je crois que nous connaissons tous les deux la réponse : jamais je ne pourrai abîmer quelque chose de parfait, ni vous, ni mon amour pour vous !

Puis, n'en pouvant plus, il se leva.

A cet instant, Vania sentit son amour mûrir d'un seul coup, atteignant des profondeurs qu'elle était loin de soupçonner. Soudain, elle comprit intimement tout ce qu'il ressentait, et la souffrance de Tyson compta davantage que la sienne propre !

Elle glissa sa main dans la sienne et marcha à ses côtés.

— Je comprends, murmura-t-elle très bas. Non seulement je vous aime mais... je vous adore !... vous êtes si merveilleux... et avant tout... un gentleman... dans tous les sens du mot !

Il serra ses doigts dans les siens jusqu'à lui arracher un cri de souffrance, mais ne souffla mot.

En silence, ils regagnèrent la maison à travers les herbes sauvages...

A la fin du repas, Tyson se versa un dernier verre de vin.

Il avait absolument voulu associer Vania à ses « libations », comme il disait : sans doute le vin pourrait-il alléger leur peine et le sentiment aigu que chaque heure écoulée les rapprochait de la séparation définitive !

Vania n'avait toujours pas révélé à Tyson l'adresse de son oncle, mais elle ne se faisait pas d'illusions : le moment venu, elle la lui dirait, simplement parce qu'elle serait incapable de lui résister.

Pour ce dernier dîner, elle avait revêtu sa robe

la plus élégante et la plus raffinée, choisie parmi celles que sa tante lui avait achetées en vue de ce bal de la plus haute importance auquel elle devait être invitée après ses fiançailles.

Lorsqu'elle descendit les escaliers, vêtue de cette robe blanche entièrement brodée et diamantée, qui étincelait à chaque mouvement, Tyson crut voir une étoile se poser sur terre !

Il s'était bien douté qu'elle se mettrait en frais de toilette pour leur dernière soirée ensemble et, pour ne pas être en reste, il avait fouillé dans les vêtements de son père et découvert un habit de soirée tel qu'on les portait pendant les festivités de l'armistice de 1802.

Et certes, avec ses hauts-de-chausses, ses bas de soie, et son manteau à longue queue-de-pie, élégamment coupé, il était plus superbe et plus élégant que jamais !

Il s'était coiffé à la dernière mode et avait noué avec recherche sa cravate blanche de mousseline : c'était à se demander s'il n'avait pas pris des leçons auprès de Beau Brummel en personne !

— Vous êtes superbe ! s'écria-t-elle avant même d'être arrivée au bas des escaliers.

— Et vous, vous êtes ravissante ! répliqua-t-il.

Elle fit une révérence pour le remercier du compliment, tandis que lui, de son côté, s'inclinait profondément.

Puis tous deux éclatèrent de rire comme des enfants en train de jouer aux grandes personnes.

Briggs avait dû pressentir que ce dîner serait un événement tout à fait particulier, car il avait nettoyé un des grands candélabres cachés dans la cave, et l'avait placé au centre de la table avec six bougies allumées.

Mme Briggs, de son côté, s'était ingéniée à

préparer un repas des plus simples, comme à l'ordinaire ; mais Tyson avait monté une des « fameuses » bouteilles de sa cave.

— Cela m'étonnerait qu'il y ait actuellement dans toute l'Angleterre un meilleur vin que celui-ci ! dit-il en remplissant le verre de Vania.

A la fin du dîner, lorsque les serviteurs se furent enfin retirés, la jeune fille considéra Tyson sur sa chaise haute en bout de table :

— Un jour, dit-elle, vous donnerez de grandes réceptions ici même, dans cette pièce, et vos hôtes vous écouteront avec le plus grand respect, car je suis sûre que vous jouerez un rôle important dans les affaires du comté.

— Cela m'étonnerait fort ! répliqua Tyson. Mais vous, vous brillerez de mille feux, toujours et partout, comme l'étoile que vous êtes ce soir ! Les hommes vous trouveront irrésistible, et cette seule pensée me rend terriblement jaloux !

— Si les hommes se comportent ainsi, ils n'auront jamais qu'un seul visage : le vôtre ! Je ne pourrai jamais penser qu'à un seul être : vous ! s'écria-t-elle avec passion.

Tyson lui offrit sa main :

— Je vous aime ! dit-il. Je ne pourrai jamais me retrouver dans cette pièce sans vous voir assise telle que vous êtes en ce moment et sans entendre votre voix ! Vous hanterez toujours cette maison, vous me hanterez, et rien ne sera plus jamais comme avant !

La jeune fille tendit sa main à son tour et Tyson devina les mots qui tremblaient déjà sur ses lèvres...

Mais par amour pour lui, elle ne les prononça pas.

— Tout cela n'était... qu'un rêve ! murmura-t-elle. Mais je ne pourrai jamais me retrouver exactement comme avant ! Même si vous... ne voulez pas... de moi, Tyson, je... je vous appartiens ! Je suis à vous totalement... et pour l'Éternité !

Lentement, il pressa les doigts de la jeune fille.

— Je ne veux pas me répéter, dit-il ensuite en levant son verre, mais quand je vous quitterai, j'aurai le cœur brisé, et je ne serai plus qu'une coquille vide ! Jamais je ne pourrai retrouver l'amour, je le sais, même si je vis cent ans !

Ils restèrent ainsi un long moment en silence, la main dans la main.

Enfin ils se levèrent et se dirigèrent vers le salon.

— Et si nous cherchions encore un peu le trésor ? demanda Vania lorsqu'ils furent dans le hall.

— Non ! répondit Tyson en secouant la tête. Je veux vous parler. Je veux surtout que vous me parliez de vous pour pouvoir évoquer votre souvenir et faire comme si vous étiez encore avec moi quand je me retrouverai seul.

Côte à côte, ils s'assirent sur le canapé du salon... Vania lui parla de son père, si féru d'aventures, et qui avait, lui aussi, amassé une immense fortune grâce à ses « intuitions » !

— Ma mère est morte quand je n'étais encore qu'une enfant ! dit-elle, et papa m'a emmenée presque partout où il allait ! Il disait que cela l'empêchait de se sentir trop seul !

— Je comprends cela !

— Il ne pouvait supporter de vivre dans la maison où il avait été si heureux avec maman ! Alors nous avons loué des résidences dans toutes sortes d'endroits insolites... Pendant un an nous avons vécu dans le nord de l'Écosse, puis papa a trouvé amusant d'aller directement habiter à l'extrême pointe de la Cornouailles ! Évidemment, comme il pouvait payer de très hauts loyers et ne faisait jamais de difficulté à accepter les serviteurs des autres, leurs chevaux, et tout ce dont nous avions besoin, on nous proposait les plus merveilleuses demeures, et même parfois des châteaux ! Et deux fois par an nous avions le palais d'un des membres de la famille royale à notre disposition !

— Vous deviez trouver cela passionnant ! remarqua Tyson en souriant.

— Cela m'a surtout donné l'envie d'une maison bien à moi, où tout m'appartiendrait, mais à qui moi-même j'appartiendrais tout autant !

Elle se tut, mais Tyson garda le silence.

— Voilà pourquoi j'aime tant Revel Royal ! C'est un véritable chez-soi, qui pourrait être pour nous deux un nid d'amour, et pour nos enfants un foyer.

Ces paroles n'avaient été qu'un murmure à peine audible, mais Tyson les avait parfaitement comprises.

— Vania ! s'écria-t-il.

Il se leva et alla s'accouder à la fenêtre... Son regard se perdit dans le ciel étoilé et dans les ombres entremêlées du jardin.

— Excusez-moi ! dit Vania.

— Venez ! s'exclama Tyson sur un ton de commandement, mais, presque avant de comprendre, Vania s'était déjà élancée vers lui !

Il l'enlaça et l'entraîna sur la terrasse au sol mal nivelé. Le lichen et la mousse recouvraient entièrement la balustrade de pierre.

Mais Vania ne remarqua rien de tout cela... Pour elle, seuls comptaient la force des bras de

Tyson et les contours de son visage à la lumière des étoiles...

— Demain, ma chérie, nous devrons nous séparer, sans que nous y soyons pour rien ! dit Tyson. C'est seulement le Destin qui nous est si contraire... Mais comme je sais que nous nous appartenons pour l'Éternité et que personne ne comptera jamais pour moi autant que vous, je veux vous dire adieu tout de suite !

Vania ne répondit pas, mais elle avait parfaitement compris ce qu'il voulait dire... Elle leva son visage vers le sien, et, lentement, comme pour ne pas l'effaroucher, Tyson déposa ses lèvres sur les siennes.

Il la pressa contre son cœur, et, tandis qu'il s'emparait de sa bouche, elle comprit que c'était là ce qu'elle avait toujours attendu de lui, ce qu'elle désirait en fait depuis l'instant de leur première rencontre.

C'était bien vrai qu'ils s'appartenaient pour l'Éternité ! Elle se serra le plus fort possible contre lui, comme pour devenir une partie de lui-même.

Elle eût été bien incapable de décrire ce qu'elle ressentait... Elle savait seulement qu'une chaleur merveilleuse irradiait son corps, emplissait sa poitrine et montait ensuite de sa gorge à ses lèvres.

Il lui semblait qu'elle lui donnait son âme et, mieux encore, qu'il l'acceptait et la faisait sienne !

De son côté, Tyson, la sentant frissonner tout contre lui, ne doutait plus que leur baiser ne fût un enchantement inexplicable, capable de provoquer en lui une extase dont il n'avait jamais seulement soupçonné l'existence, et qui pourtant n'était autre que la vie elle-même !

Son baiser se fit plus insistant, plus exigeant... Le ravissement qu'ils ressentaient tous les deux devint si intense qu'il leur sembla s'étendre au monde entier et aux étoiles qui veillaient sur eux.

« C'est cela, l'amour ! pensait Vania. L'amour, exactement comme je me l'étais imaginé ! J'aurai au moins connu cela ! »

C'était comme si toute la lumière des étoiles se concentrait soudain dans son corps, le déchirait, et en même temps le ravissait en une extase bien au-delà des mots !

— Je vous aime. Oh ! comme je vous aime !...

Elle avait envie de crier, mais ne fit entendre qu'un âpre murmure.

Elle savait que Tyson l'aimait tout autant qu'elle !... Ils ne faisaient plus qu'une seule et même personne.

Il l'embrassa tant qu'ils sentirent le sol se dérober sous leurs pieds et qu'ils eurent l'impression de flotter au milieu des étoiles.

— Ma chérie ! dit-il enfin d'une voix tremblante, comme vaincu par l'excès de bonheur. Mon trésor ! Vous êtes la perfection même !

Haletante et sans voix, la jeune fille se cacha le visage contre son épaule... Il tremblait tout autant qu'elle !

— Je vous adore ! répéta Tyson. Je vous adore, et c'est pour moi à la fois un tel déchirement et un tel émerveillement que je me sens l'homme le plus heureux de la terre !

— Oh ! mon chéri !... mon chéri !...

Les mots semblaient s'échapper des lèvres de Vania.

— Je vous adore ! s'écria-t-elle encore... Oh ! Tyson, je vous aime tant ! Comment pourrais-je...

vivre sans vous ? Je ne retrouverai... plus jamais... le bonheur !

Elle voulait continuer, mais la bouche de Tyson se plaqua contre la sienne et de nouveau ils connurent cette extase fabuleuse qu'aucune parole ne saurait jamais traduire.

Beaucoup plus tard, lorsque Vania se retrouva enfin seule dans sa chambre, elle avait encore l'impression de flotter dans les nuages !... En tout cas, il lui était absolument impossible de réfléchir.

Mais lorsqu'elle commença à se déshabiller, elle sentit que le bonheur l'avait quittée à jamais... Il n'y avait plus de lumière dans son cœur, et une ombre glacée allait l'oppresser pour toujours.

Elle aurait tant voulu continuer à l'embrasser !... Être encore dans ses bras !... Connaître éternellement cette merveilleuse lumière au-delà de tout ce qu'elle avait jamais pu imaginer, cette félicité qu'elle n'aurait jamais cru possible d'atteindre sur terre !

C'était bien dans une extase spirituelle que les baisers de Tyson l'avaient plongée ! Elle n'aurait jamais cru que l'on pût éprouver un tel ravissement avant la mort !... Et justement parce qu'elle était bien vivante, elle allait maintenant plonger dans les abîmes du désespoir.

Bien sûr, elle était toujours sous le charme des merveilleux baisers dont il la couvrait encore quand ils étaient rentrés dans la maison et avaient monté les escaliers. Ce fut seulement devant la chambre de Vania qu'il s'était écarté d'elle pour la regarder dans le fond des yeux.

Il était resté ainsi un moment, comme s'il avait

voulu s'imprégner de la beauté de ce jeune visage et de ces mains tendues vers lui.

Puis il avait dit d'une voix presque sereine :

— Adieu !... Bonne nuit et adieu... mon amour chéri ! Mon seul amour !

Et presque sans savoir comment cela s'était produit, la porte s'était refermée sur elle, et elle s'était retrouvée seule dans sa chambre.

« C'est la fin ! Tout est fini ! » se dit-elle avec désespoir.

Pourtant, quelque chose en elle se refusait encore à admettre qu'elle venait d'être mise « dehors » comme elle le lui avait elle-même dit un jour, en guise de plaisanterie.

Elle se souvint même d'avoir ajouté en riant :

« Ce serait un jeu d'enfant de rentrer dans cette maison par les fenêtres sans vitres ou les portes sans verrou ! »

Beaucoup plus tard, après avoir remué longuement ces sombres pensées, elle prit une décision : elle allait immédiatement se rendre dans la chambre de Tyson pour lui demander de l'épouser.

Et s'il refusait de nouveau, elle lui offrirait de devenir sa maîtresse !

Elle était bien trop innocente pour savoir tout ce que cela impliquait, mais elle n'ignorait pas que les personnes mariées couchaient ensemble... Et comment douter qu'une chose aussi intime ne fût avec Tyson encore plus merveilleuse que des baisers ?

Peut-être cet extraordinaire paradis qu'il lui avait fait découvrir n'était-il que l'antichambre du véritable Éden, dont les portes ne pourraient s'ouvrir que si elle lui appartenait.

De telles pensées étaient sûrement scandaleuses ! Et pourtant la jeune fille était intimement convaincue que leur amour était totalement pur, parfait et sacré !

Il l'aimait trop pour la laisser prononcer les serments du mariage, persuadé que de tels liens la feraient souffrir ! Mais si elle se donnait à lui sans plus attendre, s'ils devenaient tout de suite cet être unique qu'ils étaient destinés à former de toute éternité, puisque leur amour était aussi illimité que l'univers... elle pourrait peut-être supporter un peu mieux les années à venir !

Vêtue de sa seule robe de chambre, légère et ô combien séduisante, la jeune fille, accoudée à la fenêtre, contempla longuement les étoiles.

— Je vous en prie, Seigneur, faites qu'il veuille bien de moi ! dit-elle dans une ardente prière. Faites que je devienne sa femme par l'amour si ce n'est par le nom ! Je lui appartiens ! Oh, Vous savez bien que je lui appartiens ! Pourquoi ne serions-nous pas réunis un jour, puisque Vous en avez ainsi décidé à l'instant même de notre naissance !

Dans son exaltation, elle s'attendait presque à ce que Dieu lui-même lui répondît en lui ordonnant de s'offrir immédiatement à Tyson !

Certes, il lui vint tout de même à l'esprit qu'il pourrait considérer que c'était un péché de s'aimer sans la bénédiction de l'Église... Mais l'amour devait être plus grand que tous les sacrements terrestres ! N'était-ce pas la Vie, qui domine tout ? N'était-ce pas Dieu lui-même ?

Oui, l'amour était bien l'essence même de toute vie...

Soudain, avec la résolution un peu forcée de ceux que leur propre courage effraie, elle se dirigea vers la porte qui faisait communiquer leurs deux chambres.

Lentement, elle tourna la poignée...
Mais Tyson s'était douté qu'elle agirait ainsi, car il avait verrouillé la serrure !

6

Dans le hall, la grande horloge sonnait déjà dix heures, lorsque Vania descendit les escaliers.

Elle ne cherchait pas à nier qu'elle se trouvait bien belle dans l'élégante robe de voyage bleue qu'elle portait aussi lors de son arrivée à Revel Royal !

Et pourtant, de se voir ainsi dans le miroir ne faisait qu'augmenter sa tristesse !

En effet, à quoi cela pouvait-il donc servir d'avoir un visage et une silhouette si plaisants s'ils ne reflétaient en rien ses sentiments ?... Son désespoir était si accablant qu'elle croyait s'enfoncer dans le sol un peu plus à chaque pas !

Toute la nuit elle avait pleuré jusqu'à l'épuisement !... Heureusement, pas une seconde elle n'avait oublié que Tyson l'aimait... sinon elle n'aurait plus souhaité qu'une seule chose : la mort !

Ce destin qui les avait mis en présence dans des circonstances aussi imprévues ne pourrait-il pas un jour se laisser fléchir et les réunir de nouveau, ne fût-ce que pour un court instant ?

« Je l'aime !... Oh ! comme je l'aime !... » n'avait-elle cessé de crier.

Et quel supplice de savoir que lui aussi l'aimait, et que seules une cloison et une porte verrouillée les séparaient !

N'était-ce pas contraire à la perfection de la Nature que de l'avoir ainsi enfermée sous prétexte qu'il l'aimait ?

« Tous les deux, nous voulons le bonheur de l'autre ! » pensa Vania.

Mais elle savait bien que la seule chose qui pouvait réellement les rendre heureux, c'était d'être ensemble !

Elle avait vaguement espéré qu'elle déjeunerait dès l'aube avec Tyson, comme tous les matins depuis son arrivée à Revel Royal. Dans ce cas, elle aurait peut-être le temps de faire une dernière promenade à cheval avec lui et de se changer avant que n'arrive la voiture qui devait la ramener chez son oncle.

Mais quand Mme Briggs était venue la réveiller, elle lui avait apporté son petit déjeuner sur un plateau.

Mieux que des paroles, cela signifiait que Tyson ne souhaitait pas la voir avant l'heure du départ !

Il avait même peut-être changé d'avis et renoncé à l'accompagner comme il l'avait promis !... Il allait la laisser partir seule, ou seulement accompagnée de Hawkins.

Elle s'était alors demandé ce qui serait le plus terrible pour elle : voyager à ses côtés, tout en sachant qu'ils n'avaient plus rien à se dire, ou bien se séparer de lui dès le départ de Revel Royal.

Tandis qu'elle achevait de descendre, Tyson sortit du salon et vint l'attendre au bas des marches.

Elle n'eut même pas besoin de le regarder pour sentir qu'il était aussi tendu et malheureux qu'elle !

Elle savait que ses traits seraient tirés et que ses yeux seraient assombris par la douleur.

Tout son instinct, tout son être lui criaient de se précipiter vers lui pour l'enlacer et lui dire que les choses n'étaient pas aussi désespérées qu'elles en avaient l'air, qu'un jour peut-être les obstacles qui les séparaient disparaîtraient comme par enchantement, leur permettant enfin de s'aimer librement comme ils en avaient le si ardent désir.

Enfin, ils se regardèrent...

— Vous allez... bien ? demanda-t-il d'une voix méconnaissable... si basse, si rauque.

— Ou... oui, et vous ?

Mais pourquoi répondre ? Elle ne savait déjà que trop à quel point il souffrait. Et lui ne pouvait détacher le regard de ses yeux cernés et encore gonflés de larmes, de ses lèvres tremblantes.

— Vous avez... fait vos bagages ? fit-il comme s'il se forçait à user d'un lieu commun alors qu'il aurait voulu dire tant d'autres choses...

— Oui... mes valises sont... prêtes... Il n'y a plus... qu'à les boucler...

— Je vais le faire !

Sans savoir pourquoi, impulsivement, elle fit un geste pour l'arrêter, mais déjà Tyson se détournait et se dirigeait vers l'escalier de bois sculpté.

Elle le regarda monter sans se retourner, les yeux fixés droit devant lui, jusqu'à ce qu'il fût hors de vue.

Et à cet instant précis, telles les trompettes du Jugement dernier, un bruit de roues et de sabots retentit devant la porte d'entrée... Elle se détourna, tout à fait incapable de regarder dehors.

— Avez-vous besoin de quelque chose, mademoiselle Vania ? demanda le vieux Briggs qui venait d'entrer à pas traînants dans le hall.

— Non... je vous remercie ! répondit-elle.

A peine avait-elle fini de parler qu'elle vit la surprise se peindre sur le visage de Briggs. Hébété, il fixait la porte d'entrée d'où provenaient des bruits de pas.

La jeune fille se retourna, s'attendant à voir un des valets de l'auberge venu l'aider à transporter ses bagages.

Soudain elle se figea : ce n'était pas un étranger qui entrait dans le hall, mais Manfred Dale, dans un habit de cheval très ornementé, impressionnant de tape-à-l'œil, et coiffé d'un chapeau à la dernière mode.

Elle aurait voulu s'enfuir, se cacher n'importe où, mais ses pieds étaient comme du plomb et elle ne pouvait bouger d'un millimètre !

Elle se sentait même incapable de respirer.

Comme elle faisait mine de s'approcher, elle voulut crier, car à sa grande stupéfaction il sortit un pistolet de sa poche !

— Un seul mot, un seul cri pour attirer l'attention, et j'abats ce vieil idiot comme un chien ! J'imagine que vous n'aimeriez pas avoir cela sur la conscience ?... dit-il en pointant son arme sur Briggs.

Vania étouffa le cri qui allait sortir de sa poitrine.

— Venez ! ordonna-t-il.

Et sans attendre, il la saisit par le poignet et la traîna au-dehors.

Elle se retrouva en bas du perron sans avoir vraiment compris ce qui lui arrivait!... A peine eut-elle reconnu le phaéton jaune et noir dans lequel Manfred Dale venait rendre visite à son oncle qu'il la soulevait dans ses bras et la jetait à côté du cocher!

Déjà le phaéton démarrait et il eut quelque mal à sauter près d'elle.

Tout s'était passé très vite; lorsque Vania fut capable de faire entendre un faible cri, les quatre chevaux filaient déjà vers le pont qui enjambait l'étang.

— Vous feriez mieux d'économiser votre souffle! grinça Manfred Dale. A supposer que mon bâtard de cousin se mette dans la tête de nous suivre, il ne pourra jamais nous rattraper!

— Comment osez-vous!... Comment... osez-vous... me traiter... de la sorte! dit enfin Vania, haletante.

— Quand on se conduit d'une manière aussi scandaleuse avec des gens qu'on ne devrait même pas fréquenter, répliqua-t-il, on ne doit pas s'attendre à être traité autrement!

— Votre cousin allait justement me ramener chez mon oncle aujourd'hui! dit-elle sur un ton de défi. Si bien que votre joli coup était parfaitement inutile!

— Si vous étiez rentrée à la maison, j'aurais encore été obligé de m'entendre avec votre oncle sur les nouvelles dispositions à prendre pour notre mariage! dit Manfred avec affectation. J'ai donc décidé de m'occuper entièrement de tout!

— Que voulez-vous dire? demanda Vania, très inquiète.

— Tout simplement, répliqua-t-il, que j'ai décidé de vous épouser sur-le-champ!

— Sur-le-champ ? répéta-t-elle, figée d'horreur.

— Dans moins d'une heure !

— Je refuse ! Je refuse absolument de vous épouser, maintenant ou plus tard ! s'écria-t-elle.

— Vous avez bien de la chance que j'accepte de faire de vous une femme honnête alors que vous venez de séjourner seule et sans chaperon dans cette vieille bicoque !

— Votre cousin s'est conduit en gentleman, mais on ne pourrait guère en dire autant de vous ! Comment pouvez-vous me traîner ainsi de force sans vous occuper de mes sentiments ?

— Je me ferai pardonner quand je vous aurai épousée !

— Mais je ne vous laisserai pas m'épouser ! rétorqua Vania. Même si vous me traînez devant un autel, je jure que vous ne pourrez jamais me forcer à dire les mots qui feraient de vous mon époux !

Elle reprit son souffle et ajouta :

— Je vous déteste ! Vous... comprenez ? Je vous déteste et... rien ne pourra... jamais... me forcer à vous épouser !...

Manfred Dale éclata de rire.

— Vous êtes une vraie tigresse ! s'exclama-t-il. Ce sera très amusant de vous dompter quand vous serez ma femme !

— Ce n'est pas moi qui vous intéresse ! lança Vania, mais mon argent ! J'ai entendu tout ce que vous avez dit à Tyson quand vous êtes venu le soir à Revel Royal !

— Tiens, tiens, on écoute aux portes ! grinça Manfred. De toute façon, vous ne me ferez pas croire que vous avez appris grand-chose ! Vous savez bien qu'un homme tel que moi ne peut épouser une femme comme vous si elle ne possède pas une immense fortune !

— Je vous méprise, et je vous abomine ! s'écria Vania. Vous êtes ce qu'il y a au monde de plus bas et de plus vil ! Ce qui m'étonne, c'est que la bonne société ait pu accepter de vous compter dans ses rangs !

— Vous découvrirez bientôt qu'il y a énormément d'avantages à être ma femme !

— Je présume que vous voulez parler du fait que votre père s'est approprié un titre auquel légalement il n'avait pas droit !

— C'est précisément là votre erreur ! riposta Dale. Il y a droit légalement ! Mon oncle Hubert a fort opportunément oublié d'épouser la femme dont il s'était entiché ! Mais cela ne risque pas de vous arriver !

— Vous... savez très bien... que je ne... veux pas vous épouser !...

— Je vous assure que vous n'avez vraiment pas le choix ! dit-il d'un ton si affirmatif et si catégorique que Vania se sentit frissonner.

Mais comment croyait-il donc pouvoir l'obliger à dire « oui » devant un pasteur ?... La peur s'insinuait en elle comme une chose diabolique et menaçante.

En même temps, elle supportait de plus en plus mal de se trouver serrée entre le cocher et cet odieux personnage, dont le bras reposait sur le capuchon rabattu derrière elle... Et, malgré tous ses efforts, elle ne pouvait éviter le contact de son genou contre le sien !

Elle se sentait toute petite à côté de cet homme si grand et si fort qu'il n'aurait aucun mal à la maîtriser si jamais elle tentait de se débattre ou de s'enfuir.

Ils traversèrent le village et se retrouvèrent sur

une grande route, probablement celle de Londres... Pour s'en assurer, Vania essaya de distinguer les bornes kilométriques, mais en vain : ils allaient beaucoup trop vite !

« Dire qu'à chaque seconde je m'éloigne de Tyson ! » songeait-elle avec désespoir.

Jusque-là, dans son épouvante, elle avait eu beaucoup de mal à mettre de l'ordre dans ses idées... Mais maintenant elle commençait à considérer la situation plus calmement, se demandant ce qu'elle pourrait dire ou faire pour se sortir de cet épouvantable guêpier.

Elle garda le silence quelque temps encore avant de demander d'un ton conciliant :

— S'il vous plaît, monsieur Dale... je m'aperçois que nous sommes sur la route de Londres... Vous pourriez me laisser chez mon oncle... Une fois chez lui, nous pourrions examiner la situation en toute tranquillité... Je suis sûre... que ce serait plus facile... pour nous deux !

— Certainement pas pour moi ! répliqua Manfred. J'ai décidé de vous épouser sans tous les tralalas et les franfreluches d'un grand mariage, et quand nous serons mariés je trouverai bien une explication plausible pour le cas où on me poserait des questions.

— Mais puisque je vous dis... que je ne veux absolument... pas vous épouser, surtout avec cette... hâte... indécente !

— Et qu'est-ce qui pourrait me prouver que ce n'est pas nécessaire ?

— Que... voulez-vous... dire ?

— Tout simplement que vous êtes restée seule plusieurs jours avec mon fantasque cousin, et vous n'allez pas me dire qu'il n'a pas été assez viril pour profiter de la situation !

Le ton de Manfred, autant que ses paroles, étaient pleins de sous-entendus sarcastiques qui glacèrent d'horreur la jeune fille !

Sa répulsion était si grande qu'elle ne put s'empêcher de pousser un cri.

— Comment pouvez-vous... insinuer... une chose pareille ? Votre cousin est... l'honnêteté et la noblesse mêmes !... C'est... en tout point... le contraire... de vous !

— Si c'est comme cela que vous le prenez, dit-il sans ménagements, je vais être obligé de vous donner une bonne correction ! Toute ma vie on m'a brandi Tyson comme le modèle parfait que je devais imiter en tout ! Vous pouvez être sûre que je ne supporterai pas cela de la femme qui portera mon nom !

Il avait parlé avec tant d'acrimonie, oubliant toute affectation, que Vania n'eut aucune peine à comprendre qu'elle l'avait piqué au vif ! C'était donc pour cela, du moins en partie, qu'il était si fier que son père eût réussi à s'approprier le titre qui revenait de droit à Tyson !

Soucieuse d'exploiter au maximum un avantage aussi inattendu, elle se hâta de répliquer :

— Et vous, vous pouvez être sûr que votre cousin Tyson ne forcerait jamais une femme à faire quelque chose contre son gré !

— Vous n'auriez jamais dû avoir affaire à lui ! grogna Dale. Vos chemins se sont croisés par hasard, alors que, toujours par hasard, vous étiez obligés de passer la nuit dans cette auberge !

— Qui vous a dit cela ? s'écria Vania.

— J'ai parfaitement reconstitué toute l'histoire ! répliqua Manfred. Ce porc de Blakely a essayé de vous enlever, Tyson vous a sauvée et s'est dit que, dans la foulée, il ferait tout aussi bien de cueillir l'héritière.

— C'est bien la dernière chose à laquelle il aurait pensé ! s'écria Vania. Il a fallu que je l'implore... que je le supplie de m'emmener avec lui ! Mais je ne voulais absolument pas... me marier avec vous !

Manfred éclata d'un rire grinçant.

— Kidnappeur malgré lui ! ironisa-t-il. J'aurais dû me douter que mon prêcheur de cousin n'aurait jamais commis un tel péché de son plein gré ! Me voilà au moins rassuré sur un point : je ne vais pas élever un bâtard fils de bâtard !

— Comment osez-vous... dire des choses... pareilles ? murmura Vania, horrifiée par la grossièreté de l'insulte.

Elle serra ses mains l'une contre l'autre. Si à ce moment elle avait tenu un poignard, elle n'aurait pas hésité une seconde à s'en servir.

Jamais de sa vie elle n'avait ressenti une telle vague de haine et de mépris ! Jamais elle n'avait, de près ou de loin, rencontré un homme qui vomissait ainsi des sarcasmes à longueur de journée, qui avilissait toutes choses en les rendant laides et grossières !

De plus, il ne se préoccupait nullement de la présence de son cocher : comment un homme qui se prétendait un gentleman pouvait-il proférer de telles insultes devant un serviteur ?

— En tout cas, une chose est bien certaine ! fit Dale après réflexion. Nous pouvons toujours commencer notre vie conjugale, ma chère Évangéline, sans feindre de nous aimer, et dès que j'aurai la libre disposition de votre argent, vous pourrez faire tout ce que vous voudrez, cela m'est bien égal ! Et si vous souhaitez retourner dans le misérable taudis auquel je viens de vous arracher, je ne m'y opposerai en aucune manière!

De nouveau, Vania faillit laisser éclater tout son mépris, mais se ravisa :

— Et si... je vous offrais... ma fortune... sans... moi ? Cela résoudrait... tous nos problèmes !

Manfred Dale parut considérer très sérieusement cette proposition, puis répondit :

— Je n'ai pas lu le testament de votre père, mais certainement votre tuteur ne peut, légalement, transmettre votre argent qu'à votre mari !

Vania sentit s'éteindre dans son cœur la faible lueur d'espoir qui venait de s'allumer.

Dale avait sans doute raison : jusqu'à son mariage, son oncle et l'avocat de son père étaient les dépositaires de son immense fortune, qui deviendrait ensuite la propriété de son mari, ainsi le voulait la loi... De sorte que personne d'autre que son mari ne pouvait prétendre disposer de son argent !

Elle regardait fixement la route, que semblaient dévorer les chevaux, tandis que les roues de la voiture soulevaient des nuages de poussière.

Ils gardèrent le silence pendant au moins deux kilomètres. Puis, par-dessus la tête de Vania, Dale s'adressa au cocher :

— C'est au prochain village, Bill. Vous verrez l'église sur votre gauche...

— L'église ! s'écria Vania dans un souffle, en tournant vivement le visage dans sa direction.

— Vous avez parfaitement entendu ! C'est là que nous devons nous marier !

— Mais... vous ne pouvez pas... Je ne veux pas... je refuse !

Elle voulut crier, mais les mots vinrent mourir

sur ses lèvres; déjà la flèche grise d'une église émergeait des arbres.

Malgré son horreur, la jeune fille essaya de rassembler ses idées.

« Manfred aura beau lui raconter tous les mensonges imaginables, se dit-elle, jamais un pasteur n'acceptera de me marier contre mon gré, puisque je suis mineure et que mon tuteur n'est pas là! »

Maintenant elle distinguait nettement l'église derrière le petit cimetière et le chemin qui menait au porche.

— Je ne dirai pas « oui » ! dit-elle sur un ton de défi.

La bouche de l'odieux personnage se tordit de cet habituel rictus que Vania avait toujours trouvé diabolique.

— Dans ce cas, je tirerai sur le pasteur de manière à le rendre infirme pour le reste de sa vie!

Vania étouffa un cri d'horreur, tandis qu'il poursuivait, sur un ton précieux et affecté:

— Remarquez bien que je ne le tuerai pas, car cela pourrait entraîner des conséquences désagréables pour moi... Je me contenterai de l'estropier! Puis nous nous rendrons dans l'église voisine, puis dans la suivante, laissant derrière nous toute une traînée de pasteurs perdant leur sang ou souffrant le martyre!... Est-ce vraiment cela que vous voulez? Ce serait une manière peu courante de se marier!

— Vous êtes un monstre!... Le diable en personne! s'écria Vania. Comment peut-on avoir des idées aussi cruelles et aussi horribles!

— Cela dépend de vous! rétorqua Dale. Épousez-moi sans faire d'histoires, et aucune victime ne viendra gâcher le jour de nos noces!

Pétrifiée d'horreur, Vania ne pouvait détacher ses yeux du monstre.

Lorsqu'ils s'arrêtèrent devant le petit cimetière, Dale mit pied à terre. Puis, comme Vania restait immobile, il lui offrit son bras :

— Venez donc avec moi, charmante promise ! dit-il d'un ton sarcastique. Je sais qu'il vous tarde autant qu'à moi que nous soyons enfin mari et femme — une seule et même chair, comme dit l'Évangile !

Plutôt que de répondre à ces railleries, Vania cherchait désespérément une échappatoire à ce calvaire abominable.

Comme elle aurait aimé être sûre qu'il bluffait, qu'il ne tirerait pas sur le pasteur même si elle refusait de l'épouser !

Mais elle avait la terrible intuition que cet homme était prêt à tout pour posséder sa fortune !

« Oh ! papa ! s'écria-t-elle dans son cœur, pourquoi m'avoir laissé tant d'argent ? Pourquoi m'avoir ainsi livrée à des hommes comme lui ? »

— Allons, descendez ! s'impatienta Dale, évidemment prêt à l'emmener de force sans se soucier de sa dignité.

Comme il n'y avait vraiment aucun moyen de s'échapper, lentement, dans un effort terrible pour surmonter sa répugnance physique et psychologique, elle s'aida du bras de Manfred pour descendre... Hélas ! Manfred réussirait toujours à l'empêcher de s'enfuir ou de crier !

Son contact lui était totalement insupportable, et chaque fibre de son être semblait vouloir fuir cet être répugnant ! Pourtant, tout en cherchant désespérément comment se sortir de cette situation, elle prit machinalement la direction du porche.

Mais, vers le milieu du cimetière, elle s'arrêta, et, levant les yeux sur l'homme qui l'accompagnait, elle murmura :

— Je vous en prie, je vous en prie... ne faites pas cela !... pas maintenant !... Il faut d'abord en discuter... J'essaierai... de faire ce que vous voulez... mais ne m'obligez pas... à vous épouser... tout de suite !

— Vous m'avez déjà échappé une fois ! répliqua-t-il. Je n'ai pas l'intention de vous laisser réitérer cet exploit !

Il s'était exprimé sur un ton ferme et décidé ; la jeune fille aurait beau le supplier et s'humilier, cet homme ne reviendrait plus sur sa décision !

« Ô mon Dieu ! pria-t-elle dans son cœur, aidez-moi ! je vous en supplie, aidez-moi ! »

Et tandis qu'ils franchissaient le porche de l'église, elle entendit le nom de son bien-aimé résonner dans tout son être, comme une prière muette :

« Tyson ! Tyson ! »

Elle eut l'impression que son âme même le rejoignait. Juste à ce moment un pasteur en surplis traversa le chœur pour aller les attendre au pied de l'autel...

Tyson, une valise à la main, réapparut en haut des escaliers.

— Où se trouve Hawkins ? demanda-t-il à Briggs qui était encore dans le hall.

— Oh ! maît'Tyson ! Maît'Tyson ! s'écria le vieux serviteur d'une voix tremblante. J'ai jamais vu une chose pareille de toute mon existence ! Il m'a menacé d'me tirer d'ssus, maît'Tyson !

— Mais de qui parlez-vous donc ? s'inquiéta le jeune homme.

— De sir Manfred, m'sieur ! Il a entraîné mademoiselle Vania en bas du perron ! J'aurais jamais cru une chose pareille, si j'l'avais pas vu d'mes propres yeux !

— Que diable dites-vous là ? s'écria Tyson en dévalant les escaliers. Que s'est-il donc passé ?

— Pour sûr, que c'est la vérité ! dit Hawkins qui venait d'entrer. Le monsieur qui est venu l'autre jour avec un phaéton jaune et noir a emmené mademoiselle Vania de force ! Il l'a soulevée et jetée dans le phaéton, et puis il a sauté dedans et s'est assis à côté d'elle !

— Et il a dit, ajouta Briggs : « Si vous essayez d'alerter quelqu'un, j'abattrai ce vieil idiot ! »

Sans plus attendre, Tyson prit son chapeau et son fouet sur la table du hall.

— Salamanque est sorti ?

— Oui, monsieur. Et Vitoria aussi. Je les ai amenés comme vous me l'aviez dit !

Pour toute réponse, Tyson descendit le perron quatre à quatre et sauta en selle.

Hawkins l'imita aussitôt et tous deux s'élancèrent au galop dans l'allée.

« C'est encore une chance, pensa Tyson — mais pouvait-on encore parler de chance dans un moment pareil ? —, que j'aie décidé d'escorter la voiture de Vania, en compagnie de Hawkins ! »

Jamais il n'aurait pu s'asseoir à ses côtés sans la prendre dans ses bras et l'embrasser comme la veille !

Lorsque enfin ils s'étaient séparés, ils avaient tous deux vraiment atteint le point de rupture.

Certes, il n'avait pas attendu de l'embrasser pour l'aimer ; mais depuis ce baiser les expressions : « s'appartenir » et « ne former qu'une seule et même personne » ne lui semblaient plus de vaines paroles !

Elle lui appartenait absolument, totalement ! Il avait dû faire appel à toute sa maîtrise, forgée au fil de tant d'années de guerre, pour ne pas lui accorder le mariage qu'elle appelait de tous ses vœux ! Dans ce baiser, elle lui avait donné tout son cœur et toute son âme... Et elle était évidemment prête à lui accorder tout ce qu'il pouvait demander !

Mais sans cesse, par un effort extraordinaire de volonté, il s'était répété qu'elle était beaucoup trop jeune, et qu'elle avait trop peu d'expérience... Et parce qu'il l'aimait, il devait la protéger de tout ce qui pourrait la blesser ou l'avilir... y compris de lui-même !

Quand il était entré dans sa chambre, la veille au soir, une angoisse insupportable l'avait étreint : il s'efforçait de l'imaginer à des centaines de kilomètres de là, dans la prison glacée de la lune, mais son cœur la sentait si proche...

Ce n'était certes pas pour empêcher Vania de venir le rejoindre qu'il avait verrouillé sa porte, car il n'avait pas envisagé une seule seconde qu'elle pourrait avoir assez d'audace pour le faire ! C'était de lui-même qu'il voulait la protéger !

Il la désirait tant, de tout son être ! La violence de sa passion avait déjà emporté toute sa raison, tout son bon sens et toute sa sagesse. Dans ces conditions, ne risquait-il pas d'oublier jusqu'à son honneur, et d'aller la posséder ?

« Je la veux ! Ô mon Dieu, comme je la désire ! » s'était-il écrié, accoudé à la fenêtre, son regard ardent perdu dans les étoiles sous la protection desquelles, la veille, il l'avait embrassée.

Longtemps, il était resté là, devant la beauté romanesque de ce clair de lune que fragmentait le miroitement des eaux du lac, et devant les mystères à demi chuchotés du jardin assoupi.

Mais il ne voyait que le visage de Vania et ne parvenait pas à détacher sa pensée des longues années vides qui l'attendaient.

Comment avait-il pu tomber si complètement et si désespérément amoureux, quelques jours seulement après avoir quitté l'armée, où il n'avait pas passé moins de treize ans ?

Et ses compagnons d'armes, maintenant disséminés à travers tout le pays, qui savait s'il les reverrait un jour ?

Pendant tant d'années, il n'avait eu qu'une seule chose en tête : gagner la guerre tout en s'efforçant de protéger au maximum la vie de ceux qui servaient sous ses ordres... Il avait connu la privation, la faim, et la peur... Mais il y avait eu aussi des moments de gaieté et de triomphe, et il avait goûté aux joies inoubliables de la camaraderie.

En arrivant à Douvres, il s'attendait à trouver l'Angleterre bien changée... Mais il était à cent lieues de penser qu'il tomberait amoureux et serait la proie d'émotions et de sensations entièrement nouvelles !

Son amour transcendait totalement le simple attrait physique que suscitait chez lui une très jolie femme, lui qui avait été si longtemps privé de compagnie féminine ! Au contraire, il savait qu'un charme les liait à jamais.

Elle était plus jeune que lui, avait reçu une éducation différente de la sienne, et possédait une immense fortune tandis que lui était pauvre comme Job... Mais rien de tout cela n'avait la moindre importance ! Ils s'appartenaient l'un l'autre, peut-être depuis une dizaine de vies antérieures, et leurs âmes s'étaient reconnues dès l'instant de leur rencontre.

« Elle m'appartient ! se répétait Tyson. Elle m'appartient absolument et totalement ! Je l'aime, je l'adore, je la vénère ! Et cela depuis des siècles ! Dans ce cas, nous ne pourrons manquer d'être de nouveau réunis, tôt ou tard ! » pensa-t-il soudain.

Mais n'était-ce pas là une réflexion de philosophe et d'érudit ?

Une part bien humaine de lui-même désirait Vania maintenant, dans cette vie ! Il voulait la couvrir de baisers, la faire sienne, vivre le plus longtemps possible avec elle, et lui faire des enfants qui seraient les fruits de leur amour.

« Vania ! Oh ! Vania ! Comme je vous aime ! »

C'était le monde entier qui chantait son nom ! Son visage avait la beauté de l'univers et ses yeux rendaient jalouses les plus belles étoiles.

Lorsque enfin, épuisé par le désespoir, il s'était jeté sur le grand lit, il ne restait plus que quelques heures avant que Vania ne quitte définitivement et sa maison et sa vie.

Et rien ne serait jamais plus comme avant !

Maintenant, tandis qu'il poursuivait à toute bride le phaéton noir et jaune de son diabolique cousin, Tyson se demandait s'il aurait suffisamment de maîtrise pour ne pas l'assassiner, tant était grande sa colère.

Ils se haïssaient depuis l'enfance. A l'école, Tyson avait honte de lui être apparenté, tant on racontait d'histoires effarantes sur son comportement.

C'était une véritable brute qui martyrisait les plus faibles que lui !... Et grossier avec les serviteurs, par-dessus le marché ! Il exigeait toujours d'être servi sur-le-champ, incapable de mesurer les contraintes auxquelles il les soumettait !

Le père de Tyson disait toujours que moins il verrait son frère George, mieux il se porterait, mais, comme sa mère se croyait coupable de la brouille des deux frères, Tyson faisait tout pour arranger les choses et s'efforçait de ne pas manifester trop de haine à l'égard de son cousin Manfred.

En réalité, George Dale était aussi détestable que son fils, et Hubert, même marié à une autre, n'aurait certainement jamais entretenu de relations avec lui !

Mais maintenant, plus rien n'empêchait Tyson de faire payer à son indigne cousin son détestable comportement avec Vania !

Mais pour cela il fallait les rattraper, et depuis déjà presque une heure, il menait Salamanque à un train d'enfer ! Vitoria avait même énormément de mal à le suivre.

— Vous pensez qu'il a emmené mademoiselle Vania à Londres ? cria Hawkins pour dominer le bruit des sabots.

— A mon avis, oui ! répondit Tyson. Mais bien sûr, je ne peux pas en être certain !

Son cousin ne prendrait certainement pas le risque de ramener Vania chez elle, ce qui lui permettrait de disparaître sans peine une deuxième fois ! Il devait plutôt l'emmener à Wellingdale House à Park Lane, chez ses parents, où il chercherait à la convaincre de l'épouser le plus vite possible.

George Dale s'était approprié une quantité

incroyable de biens qui auraient dû revenir à Tyson ! Il y avait, bien sûr, Wellingdale House dans le Hertfordshire, l'un des plus beaux exemples dans toute l'Angleterre de l'architecture des années 1700. Mais il y avait aussi une maison à Londres, un pavillon de chasse dans le Leicestershire et une propriété en Écosse où son grand-père avait fait d'inoubliables parties de chasse et de pêche au saumon.

Et tout ceci lui avait été dérobé lâchement, tandis qu'il combattait pour l'Angleterre dans des pays lointains !

Toutefois, s'il avait été là, aurait-il pu dire ou faire quelque chose de plus que le vieux Chessington ?

Peut-être Vania avait-elle raison de penser que la preuve du mariage de son père et de sa mère se trouvait à Revel Royal ! Mais tant qu'il ne l'aurait pas trouvée, il ne pourrait rien espérer de la justice.

En attendant, combien de temps Vitoria soutiendrait-elle ce train d'enfer ?... Sur les champs de bataille, Salamanque avait fait preuve d'une endurance sans pareille, et comme, depuis le début de leur poursuite, ils allaient à une vitesse qu'aucun cheval ne dépasserait probablement jamais dans toute l'Angleterre, ils ne pouvaient manquer de rattraper tôt ou tard le phaéton jaune et noir.

« Heureusement que les chevaux étaient déjà prêts devant la maison quand le Maître en a eu besoin ! songeait Hawkins. Il aurait fallu au moins cinq minutes pour courir à l'écurie et les seller ! Cinq minutes rudement précieuses, peut-être même vitales ! »

— Là-bas, monsieur, regardez ! hurla-t-il soudain, en désignant un phaéton noir et jaune arrêté le long du cimetière du village.

— Occupe-toi du valet qui tient les rênes, Hawkins ! cria Tyson en pressant encore l'allure.

Il s'arrêta net derrière le phaéton, sauta à terre, et traversa le cimetière comme une flèche.

Juste au moment où il pénétrait dans l'église, il entendit ces paroles :

— Manfred, acceptez-vous de prendre pour épouse...

— Arrêtez ce mariage ! hurla Tyson.

Sa voix sembla se répercuter sur les murs de l'église, tandis que Vania se retournait :

— Attention ! cria-t-elle. Il est armé !

En effet, l'écho de ses paroles retentissait encore que Manfred avait déjà sorti un pistolet de la poche de son manteau et se retournait pour faire face à son cousin.

Mais le pasteur, debout sur la marche de l'autel, ferma immédiatement son livre de messe, et en assena un coup violent sur le visage de Manfred, qui chancela un instant, juste le temps nécessaire pour que Tyson sautât sur lui.

Il lui saisit le bras et le souleva de tout son poids... Le coup partit.

Mais tandis que la balle se perdait dans les colonnes, Tyson frappait violemment son ignoble cousin au menton, puis sur le nez.

Il sentit le cartilage s'écraser sous son poing. Manfred s'effondra sur le sol dallé, puis ne bougea plus.

Poussant un cri, Vania se jeta dans les bras de Tyson.

— Vous... êtes venu ! Vous... êtes venu ! J'ai tant prié... pour que vous... me sauviez encore... une fois !

Tyson la serrait si fort qu'elle en avait presque le souffle coupé.

— Tout va bien, ma chérie ! dit-il enfin en relevant la tête.

» Merci... commença-t-il à l'adresse du pasteur. Puis il s'exclama : Mon Dieu ! C'est vous, mon Révérend !

Le pasteur sourit :

— Je vois que vous n'avez rien perdu de votre forme, commandant ! Un gauche-droite tout à fait remarquable...

— Je vous remercie, mon Révérend, mais sans votre intervention, je n'aurais jamais eu l'occasion de le placer !

Vania leva la tête, un peu déconcertée.

— Chérie, je te présente le Révérend Auguste Henderson ! C'était l'aumônier de mon régiment !

— Je vis chez mon frère en attendant que l'on me confie une paroisse ! expliqua le Révérend. Je me disais bien aussi qu'il y avait quelque chose de louche dans ce mariage ! Mais, ajouta-t-il en désignant Manfred du regard, il avait une dispense de bans signée par l'archevêque de Canterbury lui-même !

— Une dispense de bans ! s'écria Tyson. Où l'avez-vous mise ?

— Dans la sacristie ! répondit l'aumônier.

— Attendez-moi une minute, ma chérie ! dit vivement Tyson.

A peine avait-il dit cela qu'il ouvrait la porte de la sacristie, à l'autre extrémité du chœur.

Quelques secondes plus tard, à la grande surprise de Vania et du Révérend Auguste Henderson, il réapparaissait, la dispense de bans à la main.

— J'ai fait quelques petites corrections ! dit-il.

Au lieu de « Manfred Dale, fils de lord Wellingdale », c'est maintenant : « Tyson Dale, petit-fils de lord Wellingdale ».

Il parut se recueillir quelques instants, puis ajouta d'un ton calme :

— Il me semble, mon Révérend, que les circonstances vous autorisent à m'unir à un être que j'aime de tout mon cœur et qui m'aime autant que moi !

— Rien ne pourrait me faire plus plaisir, commandant ! répondit l'aumônier, tandis que Vania poussait un cri qui semblait contenir tout le bonheur du monde.

— C'est... trop beau ! Je n'arrive pas... à le croire ! murmura-t-elle. Mes prières... ont été exaucées !

— Je vais vous protéger toute ma vie ! dit Tyson. Le reste n'a pas grande importance !

— Qu'est-ce qui pourrait avoir de l'importance à part cela ! murmura-t-elle en glissant sa main dans celle de son bien-aimé.

Unis dans une communion au-delà des mots, ils se tournèrent vers l'aumônier.

Le Révérend Auguste Henderson leur sourit, puis recommença la cérémonie de mariage.

Lorsqu'ils sortirent de l'église, le soleil paraissait plus doré que jamais et le chœur des oiseaux semblait faire écho au chant céleste qui unissait leurs âmes.

Ils longèrent ainsi le chemin empierré du cimetière, suivis de l'aumônier. Vania serrait très fort la main de Tyson.

De l'autre côté du porche, Hawkins avait pris les rênes et maîtrisait l'équipage du phaéton. De leur côté, Salamanque et Vitoria broutaient le plus tranquillement du monde sur le bas-côté de la route.

Le visage tuméfié, les habits en lambeaux, un homme reposait en équilibre sur le mur du cimetière, la tête pendante au-dessus d'une tombe.

Les poings de Hawkins saignaient, et il avait quelque mal à ouvrir son œil gauche fortement enflé et cerné de noir.

— Bien joué, Hawkins ! le félicita Tyson.

Hawkins s'apprêtait à répondre, lorsqu'il aperçut l'aumônier.

— Dieu me damne si ce n'est pas le Révérend ! s'exclama-t-il.

— Oui, Hawkins ! répliqua le pasteur. Mais combien de fois vous ai-je dit d'abaisser votre garde !

— Il était un peu plus coriace que je ne le croyais ! répliqua Hawkins. Mais j'ai fini par en faire de la charpie !

— C'est ce que je vois ! répondit en souriant l'aumônier.

— Il faut que je t'explique, ma chérie, dit Tyson, que le Révérend était un excellent moniteur de boxe à ses moments perdus !

— Je n'ai pas besoin de m'étendre sur les mérites de votre pugiliste de mari ! dit le Révérend. Vous avez pu en juger par vous-même !

— Je me demande dans quel domaine il n'est pas excellent ! répondit Vania.

— Je crois que le mieux est de prendre le phaéton pour rentrer chez nous ! dit Tyson en tenant toujours serrée la main de son épouse. Hawkins s'occupera des deux chevaux !

Puis, se tournant vers l'aumônier, il ajouta en riant :

— Dès que mon cher cousin sera en état de

vous écouter, voudriez-vous l'informer qu'il pourra retrouver son phaéton et son équipage à l'auberge *Le Chien et le Chat,* où ils recevront tous les soins nécessaires, à ses frais, bien entendu.

— Je n'y manquerai pas ! répondit le Révérend en lui tendant la main.

— Donnez-nous un peu de temps pour profiter de notre lune de miel ! poursuivit-il. Puis venez donc nous voir à Revel Royal ! Votre frère vous indiquera le chemin.

— Ce sera avec le plus grand plaisir ! répondit l'aumônier.

Là-dessus, Tyson prit les rênes et dès qu'ils furent sortis du village, Vania se rapprocha de lui et dit d'une voix qui semblait contenir toute la lumière et la chaleur du soleil :

— Dire que nous sommes mariés !... Je n'arrive pas... à le croire !... Nous... sommes... mari et femme !

— Et j'espère bien que vous n'aurez jamais à le regretter ! dit-il d'un ton calme.

— Comment pouvez-vous imaginer une chose pareille ?... Oh ! mon chéri, mon amour, je vous appelais dans mes prières, et quand vous êtes entré dans l'église, j'ai compris que Dieu vous avait envoyé de nouveau... pour me sauver !

— Mais nous ne sommes pas au bout de nos difficultés ! dit-il d'un ton grave. Votre oncle ne sera sûrement pas très content de la tournure qu'ont prise les événements ! Il faudra essayer de le convaincre qu'il n'y peut rien !

— Vous... pensez... qu'il va essayer... de nous séparer ? s'inquiéta Vania.

— Dans l'état où je l'ai mis, il devrait se passer quelque temps avant que mon digne cousin puisse entrer en contact avec votre oncle ! répondit Tyson, très pince-sans-rire. Mais, étant donné les circonstances, cela m'étonnerait qu'il ait envie de créer un scandale !

— Jamais je ne pourrais... supporter... de vous perdre à nouveau ! J'étais si malheureuse la nuit dernière !... J'étais dans un tel désespoir que j'aurais préféré mettre fin à mes jours plutôt que d'être séparée de vous !... Mais maintenant...

Son regard ardent rencontra celui de Tyson :

— Je vous adore ! Oh ! Tyson, aucun mot ne peut dire à quel point je vous adore !

— Nous n'aurons plus besoin de mots dès que nous serons arrivés à Revel Royal, mon trésor !

7

Tyson tenait son épouse par la taille... et Vania croyait flotter sur des nuées de bonheur !

— C'est le repas le plus merveilleux et le plus délicieux de ma vie ! s'exclama-t-elle, tandis qu'ainsi enlacés ils sortaient de la salle à manger.

— C'est bien aussi mon avis ! assura Tyson.

— Mais... qu'avons-nous mangé ? demanda-t-elle en riant.

— Je n'en ai pas la moindre idée ! s'exclama-t-il, gagné par le rire de son épouse. Mais comme je ne vous ai pas quittée une seconde des yeux, je n'ai jamais rien mangé d'aussi délicieux !

— Alors... dites-moi comment je suis habillée !

— Je n'ai regardé que votre visage !

— Et vous... l'aimez ?

— Je le trouve irrésistible !

— Moi qui espérais vous éblouir avec ma robe !...

— C'est par ce qu'il y a à l'intérieur que je voudrais être ébloui maintenant !

— Oh ! Tyson !

— Je vous ai choquée, ma petite femme adorée ?

— N... non ! Pas... vraiment !... Je suis seulement intimidée !

— C'est comme cela que je vous adore le plus !
— Mais là ce n'est pas la timidité habituelle ! murmura-t-elle. J'ai des frissons partout !
— Mon trésor chéri ! dit-il en lui embrassant le front, tandis qu'ils entraient dans le salon.

Les bougies n'étaient pas allumées et la lumière venait du ciel étoilé.

— Vous avez raison ! dit-il en la serrant très fort contre son cœur. Cette maison est enchantée ! Et cette pièce n'a jamais été aussi belle... Mais a-t-elle jamais accueilli quelqu'un d'aussi séduisant et parfait que vous ? demanda-t-il en la serrant encore plus fort.

Longuement, il contempla son visage, comme s'il pouvait à peine en croire ses yeux, puis ses lèvres cherchèrent les siennes.

Il l'embrassa lentement, d'une façon exigeante, possessive, et de plus en plus passionnée à mesure qu'elle réagissait davantage.

De son côté, elle le serrait toujours plus fort, tant était impérieux son désir de se fondre en lui.

Il leur semblait que la lumière qui émanait d'eux fusionnait avec l'atmosphère de la maison et la gloire même du soleil couchant, puis s'en allait inonder le monde entier !

— Je vous aime ! Oh ! Tyson, comme... je vous... aime ! répétait Vania avec passion.

— C'est ici que je vous ai fait mes adieux ! dit Tyson lorsque, toujours enlacés, ils se retrouvèrent sur la terrasse. Dire qu'à ce moment-là, je voulais sincèrement vous voir partir, pour votre bonheur !

— Dans ce cas, je... ne l'aurais... jamais... rencontré ! murmura Vania.

— De toute façon, le destin en a décidé autrement ! répliqua Tyson. Lorsque je suis arrivé juste à temps pour empêcher mon misérable cousin de vous épouser, j'ai compris que vous m'apparteniez, quelles que puissent être les circonstances ! Il était inique et cruel de faire dépendre notre amour de vulgaires problèmes d'argent ou de réputation !

— Mais moi, je le savais déjà ! murmura-t-elle, au comble du bonheur, en posant sa tête sur l'épaule de son mari. Je l'ai toujours su ! Qu'est-ce qui pourrait bien être important à côté d'un amour aussi merveilleux que le nôtre ?... Dire que la nuit dernière, ajouta-t-elle tandis qu'il l'embrassait dans les cheveux, j'étais si désespérée que je voulais... mourir ! Alors que maintenant je ne demande plus qu'une seule chose : vivre avec vous et vous aimer toujours !

— C'est bien ce que nous allons faire, ma chérie ! Mais Dieu sait quel genre de vie ce sera !

— Merveilleuse, magique, extatique, parce que nous serons ensemble ! s'écria Vania.

— Puissiez-vous dire encore cela dans quinze ans, dans dix ans, ou même seulement dans cinq ans ! répliqua Tyson. Vous êtes la plus merveilleuse créature que je connaisse, et cela me fait peur !

— Mais pourquoi donc ?

— Parce que je ne pourrai jamais acheter ce que je voudrais tant vous offrir !

Son regard se perdit un instant au-delà du jardin, là où le soleil levant jouait encore avec les chênes centenaires.

— Même si je pouvais vous revêtir d'un arc-en-ciel, et vous parer d'un collier d'étoiles, vous n'auriez encore qu'une toute petite partie de ce que mérite votre beauté !

— J'aimerais beaucoup mieux... vos baisers ! répliqua Vania en tendant ses lèvres.

Et tandis que Tyson se penchait sur elle, le feu de la passion embrasait son regard.

Derrière le rideau du lit, la chandelle avait presque achevé de se consumer... Pourtant, une douce lumière dorée baignait encore la chambre et Tyson ne se privait pas d'admirer les beaux yeux de Vania et ses cheveux blonds tombant librement sur ses épaules.

— Est-ce que vous m'aimez toujours, mon amour ? demanda-t-il.

— Est-ce que je vous aime ? répéta Vania, incrédule. Mais je vous adore ! Oh ! Tyson, comment avez-vous pu m'obliger... à vous quitter... alors que nous pouvions... ressentir... tout cela ?

— Ressentir quoi ? demanda-t-il avec un sourire.

— Comment dire ? les mots sont impuissants... Je ne suis plus moi-même... Je suis le soleil et les fleurs tout ensemble, et... la lune, les étoiles... et vous !

— Je voudrais tant que vous ressentiez cela pour l'Éternité ! s'écria Tyson, profondément ému par le ton passionné de Vania. Vous êtes l'épouse idéale !

— Les mots ne pourront jamais... dire ce que c'est... que se fondre au cœur même du soleil ! murmura-t-elle, ou d'évoluer au fond... des océans ! Oh ! Tyson, Tyson, pourquoi ne m'a-t-on jamais dit que l'amour était une chose... si merveilleuse ? Je jure que... si je l'avais su, poursuivit-elle tandis qu'il accentuait son étreinte, rien ni personne n'aurait jamais... pu m'obliger... à vous quitter ! Si vous m'aviez jetée dehors, je serais restée assise sur les marches du perron... jusqu'à ce que vous m'acceptiez de nouveau!

— Mais maintenant vous m'appartenez pour toujours! s'écria-t-il d'une voix vibrante... C'est contre mon cœur que vous resterez à jamais, pour que je puisse vous protéger et prendre soin de vous... Je ne veux plus que vous soyez malheureuse, même une seconde!

Vania passa tendrement les mains derrière la nuque de son bien-aimé et attira ses lèvres. Cette fois c'était elle qui l'embrassait! Doucement d'abord, puis, tandis qu'un frisson la parcourait tout entière, leurs lèvres se firent de plus en plus exigeantes.

— Oh! je vous aime tant! Je vous... adore! voulut-elle crier, sans savoir si elle prononçait réellement ces paroles!

Car une fois de plus Tyson l'emmenait avec lui dans le cœur brûlant du soleil, et l'émerveillement consuma son corps!

La chandelle était à présent presque éteinte; pourtant on distinguait encore deux têtes sur un oreiller.

— Il faut dormir, mon amour! dit Tyson. La journée a été longue et il y a encore fort à faire demain, si nous voulons retrouver mon « trésor », comme vous dites.

— De toute façon je sais bien qu'il est ici, répondit Vania d'une voix somnolente, alors pourquoi nous presser maintenant? Je n'ai plus peur que vous... me renvoyiez... avant que nous ayons... retrouvé votre fortune!

— Pour ma part, j'aurais bien du mal à chercher ailleurs que dans la prunelle de vos yeux!

Vous avez raison, rien ne nous presse maintenant ! Moi aussi, ajouta-t-il en promenant ses lèvres sur le front de son épouse, j'étais complètement désespéré la nuit dernière ! Je n'aurais jamais cru qu'en vingt-quatre heures tout serait changé !

— Je vous appartiens... tout entière ! Pendant que le pasteur nous unissait, je me disais que papa aurait été tellement heureux de nous voir prendre des risques comme il le faisait toujours ! Et surtout de vous voir suivre sans hésiter l'« intuition » que vous deviez me prendre sur-le-champ comme épouse !

— C'était plus qu'une intuition ! répliqua Tyson. C'était une impulsion irrésistible que je ne pouvais absolument pas maîtriser !

— Oh ! je suis si... heureuse ! Si... merveilleusement, si... totalement heureuse !...

Elle hésita, avant d'ajouter un peu timidement :

— Je crois que votre mère... aurait été heureuse elle aussi... de nous voir... tous les deux réunis... dans sa chambre !

— J'en suis sûr ! dit-il. Et elle vous aurait aimée !

— Je ne vous ai pas dit que j'ai rêvé de votre mère l'autre nuit !

— Qu'avez-vous rêvé ? demanda-t-il.

— J'allais vous raconter mon rêve au moment où le vieux Briggs s'est souvenu de l'argenterie, à la suite de quoi nous avons trouvé le « Trésor Numéro Deux ».

— Je m'en souviens ! s'exclama Tyson. Vous avez dit : « J'ai fait un rêve extraordinaire la nuit dernière ! » Racontez-le-moi maintenant !

— J'ai vu votre mère assise dans cette chambre ! Je la distinguais très nettement et j'étais sûre que c'était elle : elle vous ressemblait un peu et ses cheveux étaient de la même couleur que les vôtres.

— C'est exact ! dit Tyson en souriant.

— Elle avait un visage très doux, très lumineux, et elle écrivait avec une plume d'oie dans un tout petit carnet... Dans mon rêve je me suis même dit que le carnet était bien trop petit en comparaison de la plume !... Mais je suppose que c'est seulement parce que nous avions cherché toute la soirée dans la bibliothèque.

Elle s'interrompit, voyant Tyson s'agiter quelque peu.

— Qu'est-ce qu'il y a ? demanda-t-elle.

— Un très petit carnet ! répéta-t-il d'une voix bizarre.

— C'est ce que j'ai vu dans mon rêve.

— Son journal intime ! s'écria-t-il comme s'il perdait son sang-froid habituel. Ma mère en tenait un ! Je l'avais complètement oublié !

— Oh ! Tyson... Vous croyez vraiment ?

— Où pouvait-elle bien le ranger ? se demanda Tyson. Avez-vous vu des carnets dans cette chambre ?

— Il était minuscule ! répondit Vania. Elle le mettait peut-être... là-bas !

Elle désigna de chaque côté de la cheminée deux petits rayonnages insérés dans le mur et surmontés d'une sorte de coquillage sculpté.

Les trois dernières étagères étaient remplies de petits carnets reliés de cuir, tandis que les cupidons en porcelaine de Dresde, des agneaux de Rockingham et toutes sortes de petits animaux se trouvaient disposés sur l'étagère supérieure.

— Je les avais remarqués ! s'écria Vania tandis que son époux sortait du lit, mais je pensais que c'étaient des carnets de poèmes ! Je voulais les examiner plus tard, mais... il y avait... tant d'autres choses à faire !

Tyson enfila sa robe de chambre et alluma une autre bougie qu'il plaça sur le manteau de marbre de la cheminée.

Il hésita un instant, comme s'il craignait de toucher ces carnets, tandis que Vania priait pour que ce fût vraiment les journaux intimes de la mère de Tyson, et qu'ils contiennent les informations dont ils avaient un si urgent besoin !

Enfin, il se décida à en prendre un, et, presque timidement, il l'ouvrit tandis que Vania retenait son souffle.

— C'est bien le journal intime de ma mère ! dit-il d'une voix que Vania reconnut à peine. Ce carnet date de 1776, quand elle avait à peine quinze ans !

Il en prit un autre, dont il se mit à tourner très soigneusement les pages après s'être rapproché de la bougie.

— Votre père et votre mère se sont enfuis en quelle année ? demanda Vania, qui trouvait cette tension intolérable.

— En 1782 ! L'été, je crois, mais je n'en suis pas sûr ! répondit-il.

Là-dessus, il feuilleta quelque temps un autre carnet. Soudain, il poussa une exclamation.

— Lisez tout haut, Tyson ! dit vivement Vania. Je veux... savoir ce que vous venez de trouver !

Il revint s'asseoir sur le lit, et Vania se hâta de tirer le rideau pour lui permettre de lire à la lueur vacillante de la bougie presque éteinte.

— Écoutez cela ! dit-il.

L'écriture avait la clarté et l'élégance que Vania avait toujours supposées à la mère de Tyson.

— C'est daté du 16 juin à Calais, commença-t-il.

« Nous sommes déjà dans cette ville depuis deux jours, mais je n'ai pas encore eu le temps de confier à mon journal toutes les choses extraordinaires et passionnantes qui me sont arrivées !

» Mardi matin je me suis levée très tôt et je suis sortie sans réveiller papa et maman. J'avais préparé mon sac de cuir la veille au soir, n'y mettant que le strict nécessaire puisque mon cher Hubert avait promis de m'acheter tout ce dont j'aurais besoin dès que nous aurions débarqué en France. Pourtant il était encore très lourd.

» J'ai cependant réussi à le porter jusqu'au fond du jardin où m'attendait Hubert, caché derrière les lilas en fleur.

» Il me prit dans ses bras et me couvrit de baisers ! J'ai compris alors qu'une seule chose importait au monde : que nous soyons réunis, même si papa était très fâché en découvrant que je m'étais enfuie !

» En toute hâte nous traversâmes le bosquet jusqu'à la route où nous attendait un cabriolet attelé de quatre chevaux. Dès que nous fûmes montés, Hubert m'a prise dans ses bras et j'en ai oublié toute inquiétude... Pas un seul instant par la suite je n'ai regretté d'avoir fait cette chose considérée comme si répréhensible : s'enfuir de chez ses parents avec un homme, avant même d'être mariée avec lui !

» Nous dévorâmes les kilomètres et je ne lui ai demandé qu'à Douvres où nous devions nous marier ! Il m'a répondu avec un sourire que c'était un secret. Bien sûr, j'étais très heureuse de m'en remettre entièrement à lui, si prévenant et si capable, mais j'étais tout de même un peu surprise d'arriver sur le quai d'embarquement sans que nous ne nous fussions arrêtés une seule fois !

» Nous montâmes dans une barque avec nos bagages et l'on nous conduisit à la rame vers une superbe frégate appelée *Le Formidable*. J'étais très excitée en montant à bord, bien que l'échelle de corde fût plutôt raide ! Heureusement, il ne manquait pas de mains secourables pour m'aider... Dès que nous fûmes sur le pont, Hubert me présenta au capitaine, un de ses vieux amis, nommé Edward Dawson, qui nous conduisit dans une cabine extraordinairement vaste et confortable.

» — Je crois que plus vite nous célébrerons notre mariage, mieux cela vaudra, car la mer risque d'être un peu agitée aujourd'hui !

» Stupéfaite, j'ai interrogé Hubert du regard :

» — Un capitaine a parfaitement le droit de marier tous les passagers qui le désirent ! N'est-ce pas, mon amour, une manière originale de nous unir ? Et nous pourrons garder notre mariage secret jusqu'à ce que vous soyez majeure...

» — Tout à fait ! confirma le capitaine. Votre mariage, madame, sera consigné dans le journal de bord, et vous apposerez vos noms à la suite de ma signature, ce qui rendra votre mariage parfaitement légal. Il me faudra un an, peut-être plus, pour achever le journal de bord, et c'est seulement alors que je le donnerai à l'Amirauté qui le classera avec tous les autres journaux de bord de la Flotte de Sa Majesté !... Et même à ce moment-là, ajouta-t-il avec un sourire malicieux à l'adresse d'Hubert, cela m'étonnerait que quelqu'un le lise ! Votre secret risque fort de rester caché de longues années, et peut-être même éternellement !

» — Cela nous convient parfaitement ! répliqua Hubert en me prenant la main.

» Le capitaine avait déjà son livre de prières à la main, et il nous unit !... »

Tyson s'arrêta et regarda Vania d'un air à la fois triomphant et serein. Mais la voyait-il vraiment ?...

— Et il nous unit ! répéta-t-il dans un souffle. C'est la preuve que je cherchais ! Je savais bien qu'ils s'étaient mariés !

— Oh ! Tyson ! Comme je suis heureuse ! s'exclama Vania, un sanglot dans la voix.

— Je vais pouvoir laver la mémoire de ma mère ! s'écria-t-il, et obliger mon oncle aux excuses les plus humiliantes pour l'avoir ainsi calomniée !

Il referma le journal intime de sa mère et parut un long moment le bénir de ses deux mains.

— Nous lirons le reste demain, mon trésor ! dit-il. Nous avons retrouvé l'essentiel !

— Oh ! Tyson ! Je suis tellement, tellement heureuse !

— Et moi, donc ! s'exclama Tyson en se levant.

Sans doute s'apprêtait-il à ôter sa robe de chambre pour se recoucher, mais Vania ne lui en laissa pas le temps.

— Mais si votre mère tenait son journal intime, s'écria-t-elle, elle a sûrement écrit quelque part où votre père avait caché sa fortune !

Tyson s'arrêta net de dénouer la ceinture de sa robe de chambre.

— Bien sûr ! s'exclama-t-il. Elle l'a certainement noté !

— A quelle date cela s'est-il produit ?

— Mon père est mort à la fin de 1809 et d'après Chessington c'est au début de cette année-là qu'il a eu la « prémonition » que sa banque allait faire faillite !

— Alors, d'après la date, le carnet doit se trouver dans l'autre rayonnage !

La bougie brûlait toujours sur le manteau de la cheminée et Tyson n'eut qu'à la déplacer vers la droite. Puis il regarda tous les carnets reliés de cuir et sortit l'un des derniers. Mais cette fois, il n'essaya pas de l'ouvrir. Il prit la bougie et retourna vers le lit.

— Vous vous rendez compte, ma chérie, que c'est vous qui avez découvert mon trésor ?

— C'est parce que... j'ai prié pour cela ! dit-elle. Mais vite, regardez si votre mère peut nous aider... encore une fois !

« Pour ma part j'ai certainement déjà trouvé le plus grand des trésors ! » pensa-t-il, le regard tendrement posé sur son épouse, tandis qu'une fois de plus il s'asseyait sur le bord du lit.

Puis il se mit à tourner lentement les pages du carnet.

— Il n'y a rien en janvier ! dit-il enfin.

— Et en février ?

— Non plus !

Mais soudain il s'arrêta. C'était la dernière page du mois...

— J'ai trouvé ! s'exclama-t-il.

— Oh ! dites-moi, dites-moi vite ! supplia Vania.

L'écriture était peu appuyée et Tyson dut se pencher pour rapprocher la bougie :

« Hubert m'a dit ce matin qu'il venait d'avoir une intuition infaillible : sa banque allait avoir de sérieux ennuis !

» — Qu'est-ce qui vous fait penser cela ? demandai-je.

» — Je n'en ai pas la moindre idée ! répondit-il. Je le sais, c'est tout !

» — Et allez-vous faire quelque chose ?

» — Je crois que je devrais aller à Canterbury ! répliqua-t-il sur son ton préoccupé.

» Je sais bien que chaque fois que Hubert a une de ses "prémonitions", il est tout à fait inutile de discuter avec lui ou d'essayer de l'empêcher d'agir comme il l'entend ! Alors je me suis contentée de veiller à ce qu'il s'habille chaudement, car il gèle aujourd'hui ! Il m'a promis de revenir le plus vite possible... Comme je redoute les vents traîtres de cette saison ! »

— Continuez ! s'impatienta Vania comme il marquait une pause.

— C'est tout ce qu'elle a noté pour cette journée-là ! répondit-il.

— Mais elle doit en dire plus ! Il le faut !

Tyson tourna la page.

— Elle ne parle plus que d'un renard qui a tué une de ses poules ! dit-il. Ah ! Voilà !

— Que... dit-elle ?

« Mon Hubert chéri a attrapé un gros rhume à son retour de Canterbury hier soir, si bien que je ne peux pas me fâcher parce qu'il m'a laissée seule si longtemps ! Il est arrivé avec un mystérieux fourre-tout en cuir, absolument énorme, que je n'avais jamais vu.

» — Qu'y a-t-il là-dedans ? demandai-je.

» Pour toute réponse, il s'adressa à Briggs :

» — Portez donc ceci dans la chambre de Madame !

» J'ai pensé que ce devait être un cadeau et j'étais très excitée quand nous avons monté les escaliers la main dans la main derrière Briggs.

» — Je dois l'ouvrir ? demanda Briggs lorsque nous fûmes dans ma chambre.

» — Non, je vous remercie ! répondit Hubert ; nous allons nous en occuper ! Apportez plutôt une bouteille de vin au salon, cette journée à Canterbury m'a épuisé !

» A ma grande surprise, Hubert ferma la porte à clé dès que Briggs fut sorti...

» — Qu'est-ce que vous m'avez apporté ? demandai-je.

» — Une fortune, ma chérie ! répondit-il.

» J'ai cru qu'il plaisantait, mais quand j'ai ouvert le sac j'ai vu qu'il était bourré de billets de banque de vingt livres et de cent ! Il y avait aussi une quantité de souverains en or !

» — Hubert ! me suis-je écriée. Pourquoi donc avez-vous apporté tout cela à la maison ?

» — Parce que je crois que mon argent sera plus en sécurité chez moi qu'à la banque !

» — Mais où allez-vous le cacher ? ai-je demandé. Vous savez bien qu'il est dangereux de garder tant d'argent chez soi !

» — Il ne risquera rien du tout, répliqua Hubert, parce que toi et moi nous allons le garder ensemble !

» Sur ce, il enleva son manteau et se mit à retirer le dessus-de-lit. Cela lui ressemblait tellement d'avoir pensé à une cachette si surprenante et si inhabituelle que je me suis assise sur une chaise et en riant à perdre haleine ! »

— Qu'est-ce qu'elle... veut dire ? demanda Vania. Je... ne comprends pas !

— Moi, je crois que si ! dit Tyson. Et je dois dire que cela me donne aussi une terrible envie de rire !

— Qu'est-ce qui vous faire rire ? Dites-le-moi !

— Eh bien, nous avons fouillé la maison de fond en comble, nous avons déplacé tous les livres de la bibliothèque en soulevant de tels nuages de poussière que nous ressemblions à deux ramoneurs, et pendant ce temps, vous, mon trésor, vous dormiez chaque nuit sur un matelas de billets de banque ! Assez pour que nous puissions vivre dans le confort le reste de notre vie, même si nous n'avions pas hérité de mon grand-père !

Vania s'était assise sur son lit et le regardait d'un air ébahi.

— Vous voulez dire... Vous pensez que... ?

— Je vais seulement jeter un coup d'œil avant de me recoucher ! dit-il en soulevant le couvre-lit de satin brodé qui recouvrait les draps.

Il souleva ensuite un premier matelas en plume d'oie, puis un deuxième, un peu moins doux, en laine de mouton. Dessous, un troisième matelas était étroitement enserré dans une armature de bois sculpté et doré, de sorte que Tyson dut user de toute sa force pour en soulever un coin.

Pendant ce temps, Vania l'avait rejoint, la bougie à la main.

Tyson enleva la housse du matelas et tous deux se penchèrent pour mieux voir.

A côté d'innombrables liasses de billets de banque, une énorme quantité de pièces d'or étincelaient à la lueur dansante de la bougie.

— C'était donc là... dans la maison ! murmura Vania avec un respect mêlé de crainte.

— Et depuis de longues années ! fit Tyson en remettant les matelas en place. Cela peut donc attendre une nuit ! Recouchons-nous, ma chérie, et je vous dirai ce que ce trésor signifie pour moi !

Il jeta sa robe de chambre sur une chaise,

souffla les deux bougies et, tout en se glissant entre les doux draps de lin, prit Vania dans ses bras.

— Oh ! mon amour, vous avez gagné ! s'écria-t-elle. Vous avez trouvé le trésor ! Nous n'aurons plus jamais à nous inquiéter de rien !

— Le seul trésor qui compte vraiment est dans mes bras ! dit doucement Tyson. Ce soir, quand vous m'avez dit que vous m'aimiez et me l'avez prouvé, j'ai compris que j'étais l'homme le plus heureux et le plus chanceux du monde !

— Oh ! Tyson, c'est bien ce que je veux que vous pensiez !

— Ce n'est pas seulement ce que je pense ! dit-il. Je le sais au plus profond de mon être, ma petite femme adorée, et je consacrerai toute ma vie à vous prouver que vous comptez plus pour moi que toute autre chose au monde !

— Maintenant que vous pouvez prouver que vous êtes bien lord Wellingdale... oncle Lionel n'essaiera pas... de faire annuler notre mariage... sous prétexte que je ne suis pas majeure ! dit Vania avec un soupir de satisfaction et de soulagement.

— Et nous n'aurons plus à nous inquiéter pour notre subsistance, enchaîna Tyson, nous pourrons récompenser les Briggs et Hawkins de leur loyauté, et rendre à cette maison sa splendeur d'origine !

— Oh ! Tyson ! s'écria Vania. C'est tellement merveilleux de pouvoir faire tout cela ! J'en suis si reconnaissante envers le Ciel !

— Vous seule avez vraiment de l'importance à mes yeux ! répliqua Tyson. Je vous aime tant que je ne peux penser à rien d'autre !

Tout en parlant, il la couvrait de baisers... Et le

contact de sa main déclencha en Vania un tel feu qu'elle se crut de nouveau en plein cœur du soleil !

Son corps vibrait à l'unisson du sien, et avec une finesse et une intensité telles que la musique divine de l'Amour la pénétrait tout entière, comme si les Anges du Ciel l'entraînaient dans un tourbillon.

Leurs deux âmes s'unirent, et un hymne de gratitude monta vers ce Dieu qui avait exaucé leurs prières.

Ne l'avait-il pas sauvée du mariage avec Manfred Dale et de l'enlèvement que sir Neville semblait sur le point de réussir... Ne lui avait-il pas envoyé Tyson, tel Persée, pour la sauver ?

— Ô mon Dieu, je Vous remercie... de tout mon cœur ! murmura-t-elle. Et montrez-moi... comment rendre Tyson... heureux !

Tyson l'avait épousée comme Persée avait épousé Andromède... Le conte de fées était devenu réalité ! Elle ne devait jamais oublier d'en remercier Dieu !

— Je vous adore ! Oh ! Tyson, je vous adore ! cria-t-elle, haletante, tant étaient passionnés leurs baisers.

— Je devrais vous laisser dormir, ma chérie ! dit Tyson en faisant un effort surhumain pour se contrôler.

— Comment pourrions-nous... perdre quelque chose de si... merveilleux... simplement pour aller dormir ?... s'écria Vania. Je vous aime, Tyson... Oh ! Je vous adore ! Tout s'est merveilleusement arrangé pour nous deux. Je vous ai épousé et vous avez trouvé le trésor ! Mais le plus merveilleux, c'est que... vous m'aimiez !

— Vous pouvez en être tout à fait certaine,

mon trésor ! Je veux vous en apporter la preuve à chaque instant de notre vie ! dit-il d'une voix chaude et profonde, tandis que ses lèvres, ardentes, possessives, cherchaient de nouveau les siennes.

Leur feu se communiqua à Vania, et une fois de plus, ils filèrent à travers les étoiles jusqu'au cœur rayonnant du soleil.

— Oh ! mon chéri, mon amour !... Comme je vous adore !

— Maintenant ! Donnez-vous à moi, maintenant !

— Je suis... à vous... tout... à vous !

C'était cela le trésor qu'ils avaient si longtemps cherché : le trésor de l'Amour !... La richesse la plus précieuse et la plus irrésistible au monde !

Romans sentimentaux

Depuis les ouvrages de Delly, publiés au début du siècle, la littérature sentimentale a conquis un large public. Elle a pour auteur vedette chez J'ai lu la célèbre romancière anglaise Barbara Cartland, la Dame en rose, qui a écrit près de 300 romans du genre. À ses côtés, J'ai lu présente des auteurs spécialisés dans le roman historique, Anne et Serge Golon avec la série des Angélique, Juliette Benzoni, des écrivains américains qui savent faire revivre toute la violence de leur pays (Kathleen Woodiwiss, Rosemary Rogers, Janet Dailey), ou des auteurs de récits contemporains qui mettent à nu le coeur et ses passions, tels que Theresa Charles ou Marie-Anne Desmarest.

BENZONI Juliette *Marianne* 601★★★★ & 602★★★★
Un aussi long chemin 1872★★★★
Le Gerfaut 2206★★★★★★
Un collier pour le diable 2207★★★★★★
BRISKIN Jacqueline *La croisée des destins* 2146★★★★★★
CARTLAND Barbara *Les amours mexicaines* 1052★★★
La flamme d'amour 1110★★
L'enchantement du désert 1188★★
La première étreinte 1189★★
Que notre bonheur dure 1204★★
La belle et le léopard 1215★★
Pour l'amour de Lucinda 1227★★
Le mystère de la bruyère bleue 1285★★★
La revanche de lord Ravenscar 1321★★
Il ne nous reste que l'amour 1347★★
Piège pour un marquis 1699★★
La princesse en péril 1762★★
Défi à l'amour 1763★★★★
Ola et le marquis 1775★★
Un souhait d'amour 1792★★
Indomptable Lorinda 1793★★
L'amour et Lucie 1806★★
Rencontre dans la nuit 1807★★
La magie de la bohémienne 1819★★
La revanche d'Anthéa 1820★★
L'invitation au bonheur 1842★★
L'amour est un songe 1843★★
Splendeurs impériales 1859★★

Romans sentimentaux

Serment d'amour 1860 ★★
L'amour à la barre 1870 ★★
Les colombes de l'amour 1871 ★★
Les violons de l'amour 1883 ★★
L'amour était au rendez-vous 1884 ★★
Un rossignol chantait 1898 ★★
Une passion inattendue 1899 ★★
Thérésa et le tigre 1912 ★★
Pour l'amour d'un roi 1913 ★★
Un coeur caché 1929 ★★★
Deux coeurs au gré des flots 1930 ★★
Une source de bonheur 1941 ★★
Le comte prodigue 1942 ★★
Un amour au clair de lune 1954 ★★
Quand l'amour s'éveille 1955 ★★
La brûlure de la passion 1974 ★★
Un amour en danger 1975 ★★
La force d'une passion 1990 ★★
La princesse oubliée 1991 ★★
La revanche du coeur 2005 ★★
Un mariage imprévu 2006 ★★
La puissance d'un amour 2030 ★★
L'amour en offrande 2031 ★★
Les mirages de l'amour 2040 ★★
Idylle à Calcutta 2049 ★★
Un amour étoilé 2067 ★★
Prise au piège 2082 ★★
Miracle pour une madone 2100 ★★
Un mari chevaleresque 2114 ★★
Une épouse particulière 2115 ★★
L'amour retrouvé 2130 ★★
Au coeur du péril 2131 ★★
Fiancée à un brigand 2144 ★★
Un amour conquérant 2145 ★★
L'ange et Lucifer 2159 ★★
La danse de l'amour 2160 ★★
L'amour enflammé 2173 ★★
Un amour sans fortune 2174 ★★
Le sable brûlant d'Hawaï 2188 ★★
L'amour comme un espoir 2189 ★★
Le baiser devant le Sphinx 2217 ★★
Pour l'amour d'un marquis 2218 ★★

Romans sentimentaux

CARTLAND (suite)	*Un éternel enchantement* 2230 ★★
	Le choix du prince 2242 ★★
	Loin de l'amour 2243 ★★
	Le lord et la demoiselle 2256 ★★
	Le secret de l'Écossais 2257 ★★
	La victoire de l'amour 2271 ★★
	Un coeur trop pur 2272 ★★
	Qui peut nier l'amour ? 2285 ★★ (déc.87)
	La gondole d'or 2286 ★★ (déc.87)
CHARLES Theresa	*Le chirurgien de Saint-Chad* 873 ★★★
	Inez, infirmière de Saint-Chad 874 ★★★
	Rosamond 1795 ★★★★
	Thea 1873 ★★★★
COOKSON Catherine	*L'orpheline* 1886 ★★★★★
	La fille sans nom 1992 ★★★★
	L'homme qui pleurait 2048 ★★★★
	Le mariage de Tilly 2219 ★★★★
	Le destin de Tilly Trotter 2273 ★★★
COSCARELLI Kate	*Destins de femmes* 2039 ★★★★
DAILEY Janet	*Le solitaire* 1580 ★★★★
	La Texane 1777 ★★★★
	Le mal-aimé 1900 ★★★★
	Les ailes d'argent 2258 ★★★★★
	La saga des Calder :
	- Le ranch Calder 2029 ★★★★
	- Prisonniers du bonheur 2101 ★★★★
	- Le dernier des Calder 2161 ★★★★
DESMAREST Marie-Anne	*Torrents* 970 ★★★
GOLON Anne et Serge	*Angélique, marquise des Anges* 667 ★★★ & 668 ★★★
	Indomptable Angélique 673 ★★★ & 674 ★★★
	Angélique à Québec 1410 ★★★★, 1411 ★★★★ & 1412 ★★★★
	Angélique : la route de l'espoir 1914 ★★★★ & 1915 ★★★★
HOLT Victoria	*La lande sans étoiles* 2007 ★★★★
LAKER Rosalind	*Reflets d'amour* 2129 ★★★★
	La femme de Brighton 2190 ★★★★
LINDSEY Johanna	*Le vent sauvage* 2241 ★★★
MATTHEWS Patricia	*Le défi de Serena* 1821 ★★★★
	Danser ses rêves 1901 ★★★★
	L'éveil de l'aube 2081 ★★★★
	L'écume des passions 2116 ★★★★

Romans sentimentaux

MICHAEL Judith	**Prête-moi ta vie** 1844 ★★★★ & 1845 ★★★★
MONSIGNY Jacqueline	**Michigan Mélodie (Un mariage à la carte)** 1289 ★★
	L'amour dingue 1833 ★★★
	Le palais du désert 1885 ★★
PEARSON Michael	**La fortune des Kingston** 1628 ★★★★ & 1629 ★★★★
ROGERS Rosemary	**Au vent des passions** 1668 ★★★★
	La femme impudique 2069 ★★★★
STEEL Danielle	**Leur promesse** 1075 ★★★
	Un monde de rêve 1733 ★★★
	Palomino 2070 ★★★
	Souvenirs d'amour 2175 ★★★★★
	Maintenant et pour toujours 2240 ★★★★★★
WOODIWISS Kathleen E.	**Une rose en hiver** 1816 ★★★★★

Littérature

extrait du catalogue

Cette collection est d'abord marquée par sa diversité : classiques, grands romans contemporains ou même des livres d'auteurs réputés plus difficiles, comme Borges, Soupault, Goes. En fait, c'est tout le roman qui est proposé ici, Henri Troyat, Bernard Clavel, Guy des Cars, Alain Robbe-Grillet, mais aussi des écrivains tels que Moravia, Colleen McCullough ou Konsalik.

Les classiques tels que Stendhal, Maupassant, Flaubert, Zola, Balzac, etc. sont publiés en texte intégral au prix le plus bas de toute l'édition. Chaque volume est complété par un cahier photos illustrant la biographie de l'auteur.

ADAMS Richard	**Les garennes de Watership Down** 2078 ★★★★★★
ADLER Philippe	**C'est peut-être ça l'amour** 2284 ★★★ (déc. 87)
AKÉ LOBA	**Kocumbo, l'étudiant noir** 1511 ★★★
AMADOU Jean	**Heureux les convaincus** 2110 ★★★
ANDREWS Virginia C.	Fleurs captives :
	- **Fleurs captives** 1165 ★★★★
	- **Pétales au vent** 1237 ★★★★
	- **Bouquet d'épines** 1350 ★★★★
	- **Les racines du passé** 1818 ★★★★
	Ma douce Audrina 1578 ★★★★
APOLLINAIRE Guillaume	**Les onze mille verges** 704 ★
	Les exploits d'un jeune don Juan 875 ★
AUEL Jean-M.	**Les chasseurs de mammouths**
	2213 ★★★★★ & 2214 ★★★★★
AVRIL Nicole	**Monsieur de Lyon** 1049 ★★★
	La disgrâce 1344 ★★★
	Jeanne 1879 ★★★
	L'été de la Saint-Valentin 2038 ★★
	La première alliance 2168 ★★★
BACH Richard	**Jonathan Livingston le goéland** 1562 ★ illustré
	Illusions 2111 ★★
	Un pont sur l'infini 2270 ★★★★
BALZAC Honoré de	**Le père Goriot** 1988 ★★
BARBER Noël	**Tanamera** 1804 ★★★★ & 1805 ★★★★
BATS JOËL	**Gardien de ma vie** 2238 ★★★
BAUDELAIRE Charles	**Les Fleurs du mal** 1939 ★★
BEAULIEU PRESLEY Priscillia	**Elvis et moi** 2157 ★★★★

Littérature

BENZONI Juliette	*Marianne* 601★★★★ & 602★★★★
	Un aussi long chemin 1872★★★★
	Le Gerfaut 2206★★★★★★
	Un collier pour le diable 2207★★★★★★
BLOND Georges	*Moi, Laffite, dernier roi des flibustiers* 2096★★★★
BOLT Robert	*Mission* 2092★★★
BORGES & BIOY CASARES	*Nouveaux contes de Bustos Domecq* 1908★★★
BOVE Emmanuel	*Mes amis* 1973★★★
BOYD William	*La croix et la bannière* 2139★★★★
BRADFORD Sarah	*Grace* 2002★★★★
BREILLAT Catherine	*Police* 2021★★★
BRISKIN Jacqueline	*Paloverde* 1259★★★★ & 1260★★★★
	Les sentiers de l'aube 1399★★★★ & 1400★★★★
BROCHIER Jean-Jacques	*Odette Genonceau* 1111★
	Villa Marguerite 1556★★
	Un cauchemar 2046★★
BURON Nicole de	*Vas-y maman* 1031★★
	Dix-jours-de-rêve 1481★★★
	Qui c'est, ce garçon ? 2043★★★
CALDWELL Erskine	*Le bâtard* 1757★★
CARS Guy des	*La brute* 47★★★
	Le château de la juive 97★★★★
	La tricheuse 125★★★
	L'impure 173★★★★
	La corruptrice 229★★★
	La demoiselle d'Opéra 246★★★
	Les filles de joie 265★★★
	La dame du cirque 295★★
	Cette étrange tendresse 303★★★
	La cathédrale de haine 322★★★
	L'officier sans nom 331★★
	Les sept femmes 347★★★★
	La maudite 361★★★
	L'habitude d'amour 376★★
	Le Grand Monde 447★★★★ & 448★★★★
	La révoltée 492★★★★
	Amour de ma vie 516★★★
	Le faussaire 548★★★★
	La vipère 615★★★★
	L'entremetteuse 639★★★★
	Une certaine dame 696★★★★
	L'insolence de sa beauté 736★★★
	L'amour s'en va-t-en guerre 765★★

Littérature

	Le donneur 809 ★★
	J'ose 858 ★★
	De cape et de plume 926 ★★★ & 927 ★★★
	Le mage et le pendule 990 ★
	Le mage et les lignes de la main... et la bonne aventure... et la graphologie 1094 ★★★★
	La justicière 1163 ★★
	La vie secrète de Dorothée Gindt 1236 ★★
	La femme qui en savait trop 1293 ★★
	Le château du clown 1357 ★★★★
	La femme sans frontières 1518 ★★★
	Le boulevard des illusions 1710 ★★★
	Les reines de coeur 1783 ★★★
	La coupable 1880 ★★★
	L'envoûteuse 2016 ★★★★★
	Le faiseur de morts 2063 ★★★
	Sang d'Afrique 2291 ★★★★★
	La vengeresse 2253 ★★★
CARS Jean des	*Sleeping Story* 832 ★★★★
	Louis II de Bavière 1633 ★★★
	Elisabeth d'Autriche (Sissi) 1692 ★★★★
CASTELOT André	*Les battements de coeur de l'Histoire* 1620 ★★★★
	Belles et tragiques amours de l'Histoire 1956 ★★★★ & 1957 ★★★★
CASTRIES duc de	*Madame de Récamier* 1835 ★★★★
CATO Nancy	*L'Australienne* 1969 ★★★★ & 1970 ★★★★
	Les étoiles du Pacifique 2183 ★★★★ & 2184 ★★★★
CESBRON Gilbert	*Chiens perdus sans collier* 6 ★★
	C'est Mozart qu'on assassine 379 ★★★
CHASTENET Geneviève	*Marie-Louise* 2024 ★★★★★
CHAVELET É. & DANNE J. de	*Avenue Foch* 1949 ★★★
CHEDID Andrée	*La maison sans racines* 2065 ★★
CHOW CHING LIE	*Le palanquin des larmes* 859 ★★★
	Concerto du fleuve Jaune 1202 ★★★
CLANCIER Georges-Emmanuel	*Le pain noir :*
	1- Le pain noir 651 ★★★
	2- La fabrique du roi 652 ★★★
	3- Les drapeaux de la ville 653 ★★★★
	4- La dernière saison 654 ★★★★
CLAUDE Madame	*Le meilleur c'est l'autre* 2170 ★★★

Impression Brodard et Taupin à La Flèche (Sarthe)
le 9 octobre 1987
6934-5 Dépôt légal octobre 1987. ISBN 2-277-22271-2
Imprimé en France

Editions J'ai lu
27, rue Cassette, 75006 Paris
diffusion France et étranger : Flammarion